de ma Réplique, sçavoir la Preface de Mr Dacier sur Epictete ; ainsi je n'ay pas voulu differer davantage. A l'égard des Réponses de Mᶜ Dacier ; il est juste d'admettre celles qui seront bonnes ; & pour les autres, elles seront suffisamment resoluës par tout ce que nous avons dit jusqu'à present dans une dispute que j'ay dessein de finir icy de ma part.

APPROBATION.

De M. Andry Conseiller, Lecteur & Professeur du Roy, Docteur Regent de la Faculté de Medecine de Paris, & Censeur Royal des Livres.

J'AY examiné par l'ordre de Monseigneur le Chancelier, cette *Addition à la Dissertation Critique sur l'Iliade*, où l'Auteur met dans la derniere évidence l'injustice des reproches que lui fait son Adversaire, & où il repousse toutes ses attaques par les meilleurs principes de l'équité & de la raison. Fait à Paris ce 27. Juillet 1716. ANDRY.

PRIVILEGE DU ROY.

LOUIS PAR LA GRACE DE DIEU Roy de France & de Navarre : A nos amez & feaux Conseillers les Gens tenans nos Cours de Parlement, Maistres des Requestes ordinaires de nostre Hostel, Grand Conseil, Prevost de Paris; Baillifs, Seneschaux, leurs Lieutenans Civils, & autres nos Justiciers qu'il appartiendra, Salut. Notre bien amé le Sr Abbé TERRASSON

ADDITION

Y. 254

A LA

DISSERTATION CRITIQUE

SUR L'ILIADE

D'HOMERE,

Pour servir de Réponse à la Preface
de Monsieur DACIER, sur le nouveau Manuel d'Epictete.

Par M. l'Abbé TERRASSON, *de*
l'Academie Royale des Sciences.

A PARIS,

Chez FRANÇOIS FOURNIER, ruë S. Jacques,

ET ANTOINE-URBAIN COUSTELIER,
Quay des Augustins.

M. DCC XVI.
Avec Approbation, & Privilege du Roy.

AVERTISSEMENT.

J'Intitule cette Réplique: Addition à la Dissertation Critique sur l'Iliade, pour renfermer tout ce qui a quelque rapport à ce sujet sous un seul titre, & pour ainsi dire dans un seul Ouvrage. Elle étoit prête il y a déja quelque temps ; mais comme on attendoit de jour en jour la Traduction de l'Odyssée, je comptois d'ajoûter un Article pour satisfaire à ce que Madame Dacier pourroit dire contre mon Livre. Cependant comme il s'agit icy de quelques points plus importans que l'Iliade, j'ay eu peur de laisser trop vieillir la veritable occasion

noûs ayant fait remontrer qu'il sou-
haiteroit faire imprimer *Une Addition
à la Differtation Critique fur l'Iliade*, &
donner au Public, s'il nous plaifoit lui
accorder nos Lettres de Privilege fur
ce neceffaires ; Nous avons permis &
permettons par ces Prefentes audit fieur
Abbé TERRASSON, de faire imprimer
ledit Livre en telle forme, marge, caractere, conjointement ou feparément,
& autant de fois que bon lui femblera,
& de le faire vendre & debiter par tout
noftre Royaume pendant le temps de
douze années confecutives, à compter du
jour de la date defdites Prefentes ; fai-
fons défenfes à toutes fortes de perfonnes
de quelque qualité & condition qu'elles foient d'en introduire d'impreffion
étrangere dans aucun lieu de noftre
obéiffance, & à tous Imprimeurs, Libraires & autres, d'imprimer, faire
imprimer, vendre, faire vendre, débiter, ni contrefaire ledit livre en tout
ni en partie, ni d'en faire aucuns ex-
traits, fous quelque pretexte que ce
foit, d'augmentation, correction, chan-
gement de titre ou autrement, fans le
confentement par écrit dudit Expofant,
ou de ceux qui auront droit de lui, à
peine de confifcation des Exemplaires

contrefaits, de quinze cens livres d'amende contre chacun des contrevenans, dont un tiers à Nous, un tiers à l'Hôtel-Dieu de Paris, l'autre tiers audit Exposant; & de tous dépens, dommages & intererêts: A la charge que ces Presentes feront enregistrées tout au long sur le Registre de la Communauté des Imprimeurs & Libraires de Paris, & ce dans trois mois de la date d'icelles, que l'impression dudit Livre sera faite dans nôtre Royaume & non ailleurs, en bon papier & en beaux caracteres, conformément aux Reglemens de la Librairie; & qu'avant que de l'exposer en vente il en sera mis deux Exemplaires dans nostre Bibliotheque publique, un dans celle de nostre Chasteau du Louvre, & un dans celle de nostre trescher & feal Chevalier Chancelier de France le Sieur Voysin Commandeur de nos Ordres; le tout à peine de nullité des Presentes: du contenu desquelles vous mandons & enjoignons de faire jouir l'Exposant ou ses ayans causes, pleinement & paisiblement, sans souffrir qu'il leur soit fait aucun trouble ou empêchement. Voulons que la copie desdites Presentes qui sera imprimée au commencement ou à la fin dudit Livre, soit tenue pour duëment signifiée., & qu'aux copies collationnées par l'un de nos amez & feaux Conseillers-Secretaires, foy soit ajoûtée comme à l'original. Commandons au premier nôtre Huissier ou Sergent sur ce requis de faire pour l'execution d'icelles tous actes requis & necessaires sans demander autre permission, & nonobstant clameur de Haro, Charte Normande, & Lettres à ce contraires ; CAR tel est nostre plaisir. Donné à Versailles le dix - neuviéme jour du mois de Juin mil sept cens quinze ; Et de nostre Regne le soixante-treiziéme. Par le Roy en son Conseil.

FOUQUET.

Ledit Sieur Abbé TERRASSON a cedé le present Privilege aux Sieurs Fournier & Coustelier Libraires à Paris, suivant les conventions faites entr'eux. Fait à Paris ce 25. Juin 1715.

Registré ensemble la cession sur le Registre nº. 3. de la Communauté des Libraires & Imprimeurs de Paris, page 957. nº. 1242. conformément aux Reglemens ; & notamment à l'Arrest du Conseil du 13. Aoust 1703. A Paris le 28. Juin 1715.

ROBUSTEL, Syndic.

ADDITION

A LA

DISSERTATION CRITIQUE

SUR

L'ILIADE D'HOMERE:

Pour servir de Réponse à la Preface de M.
Dacier, sur le nouveau Manuel d'Epictéte.

I.

E me crois obligé de répon-
dre aux reproches injurieux
que M. Dacier m'a faits au
sujet de l'Opera dans la Preface de son nouveau Manuel d'Epictéte: mais je m'y crois obligé par la seule bienséance qui me défend de me
taire lorsque l'on m'attaque du côté
de la Religion & de la Morale, & non
par la nature des objections de Mr D.

A

A proprement parler il ne m'en a fait aucune , & sa longue Preface n'est qu'une déclamation vague & un cercle d'invectives repetées, où l'on apperçoit seulement une grande envie de me noircir dans l'esprit des Lecteurs. Il pensa même réussir d'abord par l'aspect désavantageux qu'il donne à mes pensées & à mes paroles ; & la violence de ses exclamations fit croire qu'elles avoient quelque fondement. Mais une seconde lecture de l'Article que Mr D. attaque dans mon Livre *a* , la seule attention à mes termes rapportez par lui-même, tout détachez, tout transposez qu'il les presente , a suffi à la plûpart des Lecteurs pour me justifier ; & le Public m'a fait l'honneur de prendre ma défense de vive voix & par Ecrit. *b*

Mr D. ne devoit pas attendre un autre succés. En general , il ne s'est pas rendu favorable un siecle qu'il a tant de fois accusé de foiblesse , d'ignorance & de mauvais goût , & pour lequel il marque de nouveaux mépris en di-

a C'est celui qui a pour titre : *De quelle morale la Tragedie en Musique est susceptible ?* Dissert. Crit. sur l'Iliade , vol. 1. p. 234.

b Le Journal des Sçavans du Lundy 23. Mars 1716, dans l'Extrait du second vol. d'Epictete.

vers endroits de sa derniere Preface. a
Les gens de Lettres en particulier qui
se connoissent en raisonnemens & en
preuves, regardent impatiemment ceux
qui viennent attaquer par la Religion
des Ouvrages de Philosophie ou de Lit-
terature, qui ont passé d'ailleurs par les
Examens ordinaires ; & c'est une maxime reçûë parmi eux que rien ne découvre mieux la foiblesse d'un Ecrivain,
que l'emprunt de ces armes sacrées avec
lesquelles il se croit si fort. J'en suis
tellement persuadé, que dans tout mon
Livre je ne me suis jamais prévalu de
l'Ouvrage b que Mr Frain du Tremblay fit imprimer il y a trois ou quatre ans contre Mr & Me D. où il leur
reproche de n'avoir traduit & commen-
té que des Auteurs Payens. Cependant
Mr D. est dans un cas bien different
de celui de Mr du Tremblay : celui-cy
est moins un homme de Lettres qu'un
homme pieux ; qui n'ayant aucune autre dispute avec ses Adversaires, a sui-
vi contre eux un zele désinteressé. Mais
de quel œil Mr D. pense-t-il que les
honnêtes gens du Monde ayent vû sa

a Preface d'Epictete, p. 21. 78. & ailleurs.
b Discours sur l'origine de la Poësie, sur son usage & sur le bon goût ; chez Fournier, 1713.

querelle incidente, & sa vengeance dé-
guisée ? Son ton de Missionnaire a-t-il
fait prendre le change à ces Juges aussi
infaillibles que severes de l'honneur qui
doit regner en toutes sortes d'attaques
& de défenses ? Mr D. se réfugiera,
sans doute, auprès des personnes pieuses & dira qu'il n'a voulu plaire qu'à
elles. Mais croit-il que ces personnes
qui ne souffrent pas le soupçon même
dans la réputation des Docteurs Evangeliques, songent à réformer la Litte-
rature par l'entremise d'un homme cou-
vert de reproches sur son admiration
aveugle pour les Auteurs Profanes ; d'un
homme qui a soüillé notre langue des
plus grandes obscenitez d'Horace, non
seulement traduites pour la commodité des femmes & des enfans, mais ex-
pliquées au long dans des Remarques
Françoises qui rappellent à cette occasion mille traits inutiles de Petrone, des
Priapées, & de ce que l'Antiquité nous
a laissé de plus infame ? Et ne croyez
pas que Mr D. soit changé depuis son
Horace, & qu'il nous fasse essüyer aujourd'hui sa conversion toute récente ;
rien moins que cela. Dans la Preface
même d'Epictete, où traitant cent fois
l'Opera de spectacle tres - lascif, tres-

lubrique, & tres-licentieux, il feroit croire à des imbeciles que la Police la plus exacte & la plus reguliere du monde Chrétien souffre à Paris les Jeux de Flore, ou les Danses *Gaditanes* des Romains ; dans cette déclamation édifiante où il ne parle que de Religion, de Christianisme, & de sainteté, il n'a pas honte de mettre au nombre des Poësies permises a l'Art d'aimer d'Ovide, Ouvrage impudique qu'un Empereur Payen avoit crû si peu permis qu'il en avoit banni l'Auteur, du moins selon le témoignage de cet Auteur même.

Arguor obscœni Doctor Adulterii. b

Car enfin quoyque Mr D. pour déguiser son jugement & pour adoucir la chose ne nomme pas l'Art d'aimer, c'est neanmoins cet Ouvrage qu'il entend lorsqu'il avouë c que *M. Despreaux dans son Art Poëtique donne des leçons pour l'Elegie, qu'il louë les Vers de Tibulle & ceux d'Ovide.* Mr Despreaux n'a jamais loüé d'autres Vers d'Ovide que l'Art d'aimer, dont il dit :

a p. 50.   b *Trist.* 2.   c p. 49. 50.

A iij

Ce n'étoit pas jadis sur ce ton ridicule
Qu'Amour dictoit les Vers que soupiroit
    Tibulle ,
Ou que du tendre Ovide animant les doux-
    sons ,
Il donnoit de son art les charmantes leçons.

  Il n'y a pas la moindre parité , ajoûte Mr D. a *entre l'Opera que Mr Des-*
preaux condamne & ces Poësies permi-
ses dont il donne des leçons. Voilà une
décision bien équitable dans ce qu'elle
compare , & bien Chrétienne dans ce
qu'elle permet. Si Mr du Tremblay b
a nommé avant moy Mr Despreaux un
vain Reformateur du genre humain
pour s'être vanté de gourmander les
vices dans le même Livre ou il donne
ces sortes de Poësies en exemple seulement du côté de l'esprit ; comment
nommerons-nous ces Censeurs , qui tra-
duisant ou justifiant des impudicitez
formelles , parce qu'elles viennent des
Anciens , calomnient leur siecle pour
le réformer ; & cherchent à nuire à
d'honnêtes gens qui ont attaqué leurs
sentimens sur Aristote & sur Homere
avec toutes les mesures & tous les égards,
possibles.

a p. 50.   *b* p. 260.

Ces tentatives viennent en general de ce que nos Adverſaires ne connoiſſent point le temps où ils vivent. Non ſeulement ils ignorent le progrés qu'ont fait depuis cent ans les Sciences naturelles & exactes, non ſeulement ils n'apperçoivent point cet eſprit de raiſon, de juſteſſe, & de methode qui diſtingue notre ſiecle de tous les precedens ; ils ne voyent pas même que l'on ne s'échauffe plus ſur les opinions humaines, & que cette Philoſophie qui les trouble & qui les déſole a procuré à tous les autres hommes la tranquilité d'eſprit. Nous ne ſommes plus dans ces temps veritablement barbares où les admirateurs d'Homere & d'Ariſtote firent périr les Zoïles & les Ramus ; & c'eſt en vain que nos Adverſaires ſe ſont flatez de ſoûlever contre nous les Academies & les Puiſſances. Nous ſommes fort éloignez de vouloir leur procurer les chagrins qu'ils nous preparoient s'ils avoient été vainqueurs ; & laiſſant de leur côté les injures & les mauvais procedez, je ne ſonge aujourd'hui qu'à me défendre moi-même du tort que Mr D. veut me donner. Je crois qu'il ſuffit pour cela de mettre dans un plus grand jour les précau

tions que j'avois déja prifes , & les ref-
trictions que j'avois déja faites dans
l'article dont il s'agit. Elles m'avoient
paru fuffifantes dans une matiere de
pure digreffion , & fur laquelle je n'at-
tendois pas Mr D. mais je fuis ravi
qu'il m'ait donné lieu d'éclaircir mes
fentimens , & de faire fur ce fujet une
difcuffion plus étenduë , & comme je
l'efpere , plus curieufe & plus utile
pour le Lecteur qu'il nous importe fur
tout d'intereffer dans nos difputes.

Mr D. paroît d'abord me charger
de tous les chœurs de Mr Quinaut : il
en allegue quelques-uns des plus vitieux , & entre autres celui-cy.

Les Oifeaux vivent fans contrainte :
En Amour ils font tous
Moins bêtes que Nous.

Mais au lieu de réfuter comme il
fait une Chanfon de l'Opera par *un*
beau Paffage de Platon que lui a indi-
qué un de fes Amis, auffi refpectable par
fa vertu , qu'eftimable par fon profond
fçavoir & par fon grand fens a : Il l'auroit combattuë plus convenablement ,
& fans avoir obligation à perfonne , par

là Regle que je donne en entrant dans
mon article. *a* " Comme l'on jette fou- "
vent dans nos Opera des incidens de "
joye, pour donner lieu aux divertif- "
femens qui font la plus grande par- "
tie de ce fpectacle ; les Poëtes qui "
ont attention aux bonnes mœurs ne "
doivent point employer la voix des "
Peuples & des Bergers à débiter des "
maximes qui autorifent une joüiffan- "
ce indiftincte de toute forte de plai- "
firs. Cela feroit peut - être excufable "
dans des chœurs tels que ceux qui "
affiftent au fommeil de Renault ; par- "
ce que le Poëte les donne comme fé- "
ducteurs : mais cette pratique eft tres- "
condamnable dans les chœurs com- "
pofez de perfonnages qu'on ne pre- "
fente point comme vitieux. "

A' l'égard même de l'Opera entier
Mr D. s'exprime ainfi : *b Ne croyez pas
que Mr l'Abbé trouve rien à reprendre
ni à corriger dans l'Opera.* Et moy j'ay
dit formellement : *c* Je ne prétends "
point dire par là que les Opera de "
Mr Quinault même n'euffent aucun "
befoin de correction. " Mais quand je
n'aurois pas dit cela ; eft - il rien de
plus injufte que de vouloir me faire

répondre tout ce qu'on trouve dans un
Auteur que j'ay loüé ? Mr D. voudroit-
il qu'on lui fît cette condition à l'é-
gard de tant d'Auteurs Profanes dont
il est admirateur outré , & sur lesquels
il s'en faut bien qu'il ait fait autant
de restrictions que j'en ay faites au sujet des Opera. En effet , quoyque j'aye
justifié invinciblement Mr Quinaut d'a-
voir enseigné par la bouche de Roland
& de Renaud les maximes pernicieuses
que Mr Despreaux lui reprochoit ; il
» est vray pourtant que c'est à l'Opera
» rendu moral en son espece , selon mon
expression *a* & non à l'Opera tel qu'il est
le plus souvent , que j'ay attribué certains avantages civils & politiques dont
on peut se ressouvenir , ou que l'on peut
» revoir. p. 240. 241. Enfin j'ay décla-
» re formellement *b* que mon principal
» dessein étoit de seconder le juste dé-
» sir de ceux qui sans mépris pour leur
» Patrie , & sans chagrin contre les
» Auteurs qui ont travaillé glorieuse-
» ment à nos spectacles , souhaiteroient
» seulement qu'on les rendît plus uti-
» les. Le seul titre de mon Article
De quelle morale la Tragedie en Musi-

que est *susceptible*, prouve que c'étoit là mon intention.

Mais une autre accusation de Mr D. bien plus positive & bien plus fausse que la precedente est celle-cy. *a Que doit-on penser d'un homme qui trouve tres-mauvais qu'on se serve de l'Ecriture Sainte pour confirmer certaines grandes veritez qu'Homere enseigne, ou pour montrer la source de ses idées & de ses expressions, & qui employe l'exemple de Jacob pour autoriser les plus grandes sottises de l'Opera?* J'avoüe que je fus d'abord frappé d'un reproche aussi imprévû que celui là, & qu'il me donna quelqu'impression contre la droiture de Mr D. Mais je revins un moment après, & je me dis à moy-même : non, Mr D. n'a pas dessein d'imposer, mais l'exposé ou l'énoncé qu'il donne là, vient de l'habitude qu'il a contractée avec les Grecs de ne rien entendre & de ne rien dire avec justesse & avec précision. Voicy de quoy il s'agit.

Après avoir condamné les chœurs où les Peuples & les Bergers débitent des maximes pernicieuses sur le plaisir, je parle ainsi : *b* Je ne crois pour- «tant pas qu'il soit contre la morale «

a p. 23 : *b* p. 235.

» civile d'introduire des chœurs de Ber-
» gers & de Bergeres qui s'aimant avec
innocence , & dans des vûës legitimes ,
» s'invitent mutuellement à la tendreſſe
» & à la fidelité. Mr D. a rapporte ces
paroles & les approuve dans ce qu'elles contiennent, puiſqu'il ajoûte , *mais
l'Opera s'eſt-il tenu dans ces bornes?* s'il
ne s'y tient pas il ne ſuit pas ma regle ,
mais ne nous écartons point. J'ajoûte
tout de ſuite. *b.* « En ſuppoſant cet-
» te condition eſſentielle aux bonnes
» mœurs, c'eſt-à-dire, cette innocen-
» ce & ces vûës legitimes comme les
» chœurs de Bergers & de Bergeres re-
» preſentent l'abondance & la tran-
» quillité de la Campagne, rien n'eſt
» plus avantageux que d'offrir ce ſpe-
» ctacle aux Rois, pour leur rendre gra-
» ces d'avoir procuré un ſemblable loi-
» ſir à leurs Peuples , & pour les in-
» viter à le leur continuer. Cette pra-
» tique eſt conforme à l'avis que la ſa-
» ge Minerve de Telemaque donne à
» Idoménée de faciliter les mariages dans
» ſon nouveau Royaume de Salente , &
» à la peinture que l'Auteur fait de
» l'heureux ſuccés d'un conſeil ſi favo-
» rable. Là-deſſus je tire de Telema-

que un morceau d'une page & demie
qui eſt un des plus beaux Tableaux
qu'ait jamais fait la Poëſie morale.
L'Auteur repreſente toute la Jeuneſſe
de la Ville & de la Campagne qui ſe
réjouit de voir dans Idoménée leur
Roy des ſentimens d'humanité. On «
n'entendoit que des cris de joye & «
des Chanſons des Bergers & des La- «
boureurs qui celebroient leur hyme- «
née. Grand Jupiter, diſoient ces Peu- «
ples, beniſſez le Roy qui vous reſ- «
ſemble. Il eſt né pour le bien des «
hommes : nos arrieres - neveux venus «
de ces mariages qu'il favoriſe, lui de- «
vront tout juſqu'à leur naiſſance, & «
il ſera veritablement le Pere de tous «
ſes Sujets. » Voilà l'exemple que je
propoſe aux Poëtes, afin qu'ils bâtiſ-
ſent ſur ce plan ce qu'on appelle les
divertiſſemens de l'Opera. Mr D. ne
trouve rien à reprendre en cet exemple :
il n'a rien, dit-il, *qui reſſemble au ſpe-*
ctacle licentieux de l'Opera, & il n'y a
aucune juſteſſe dans ce parallele. a Quel
parallele ? depuis le commencement de
mon article juſqu'à l'exemple de Telemaque, je n'ay allegué aucun Opera
exiſtant ; je n'ay comparé l'exemple de

a. p. 32.

Telemaque qu'à la regle generale que j'ay posée, & si je le compare dans la suite aux chœurs de Mr Quinault, ce n'est point à tous ses chœurs ; c'est comme je l'ay exprimé *a* aux chœurs de ses Prologues où il loüe le Roy d'avoir procuré le bonheur des Peuples, ou à d'autres chœurs du fond de ses pieces qui presentent le même sens. Cependant il se trouve que j'ay été icy plus attentif & plus scrupuleux encore que feu M. l'Archevêque de Cambray Auteur de l'exemple approuvé par Mr D. J'ay pensé à une objection que l'on pourroit faire contre ces Mariages si favorisez. L'Eglise prefere le Celibat au Mariage ; ainsi il ne semble pas que les Princes dûssent favoriser ce dernier état ; & ils devroient peut-être se contenter de le permettre. Je ne craignois pas que cette objection me vint de la part des Theologiens qui sçavent le sens qu'il faut donner aux expressions de l'Ecriture & des Peres : mais on trouve des hommes vuides de tout principe de Theologie, incapables de comprendre aucune de ces distinctions qui dans des matieres delicates separent la verité la plus pu-

a p. 238. 239.

re de l'erreur la plus formelle, & qui
s'étant échauffez dans la lecture de quelques Auteurs feveres qu'ils n'ont pas
même entendus, ne regardent le Mariage que comme un mal toleré dont
ils se promettent de preserver leurs enfans par tous les moyens possibles, ne
s'étant mariez eux-mêmes, disent-ils,
qu'en un temps où Dieu ne leur avoit
pas encore donné toutes les lumieres
qu'ils ont euës depuis. C'est en vûë de
ces Docteurs mariez & ennemis du Mariage, que je donne deux réponses qui
justifient ou même qui rectifient la morale de Telemaque, en la rapportant
à la Religion.

   La premiere réponse regarde
les particuliers qui se marient ; au
sujet desquels je dis *a* : que l'E- «
glise est fort éloignée de défendre le «
Mariage, puisqu'outre les motifs spi- «
rituels qu'elle propose à ceux qui em- «
brassent cet état, elle permet enco- «
re d'avoir égard à la naissance, au «
bien, à la conformité d'humeur, & «
à la beauté même de la personne que «
l'on choisit ; Jacob n'ayaht point été «
repris dans l'Ecriture Sainte d'avoir «
preferé Rachel à Lia à cause de sa «
beauté. « Là-dessus je cite la fin d'un

paſſage non de l'Ecriture mais du Ca-
techiſme du Concile de Trente qui allegue l'Ecriture : Voicy le paſſage entier dans lequel on trouvera tout le
corps du Diſcours precedent, & qui
ſervira à faire voir au Lecteur quelle
a été mon exactitude dans les choſes
qui tiennent à la Theologie. *Quod ſi
ad eas cauſas* (pias & Religioſas) *aliæ
etiam accedant quibus homines inducti
matrimonium ineant, atque in habendo
uxoris delectu hanc illi præponant, ut di-
vitiæ, forma, generis ſplendor, morum ſi-
militudo : hujuſmodi ſanè rationes dam-
nandæ non ſunt, cùm matrimonii ſanctì-
tati non repugnent : neque enim in ſacris
Litteris Jacob Patriarcha reprehenditur
quod Rachelem ejus pulchritudine illectus
Liæ prætulerit.* a

Ma ſeconde réponſe regarde les Rois
que feu M. de Cambray invite à favo-
riſer les mariages : & je dis à leur égard
premierement : qu'ils ſont obligez de
penſer comme l'Egliſe qui prefere le Celibat au Mariage, b & de ſouhaiter même comme les autres fideles la fin du
ſiecle preſent. c Mais j'ajoûte que gar-
dant cette diſpoſition au fond de l'a-

a *Cat. Conc. Trid. de matrim.*
b p. 237.　　　　　c p. 238.

me, ils doivent favoriser le seul «
moyen legitime d'augmenter les Peu- «
ples, & contribuer à l'execution du «
précepte naturel que le Createur a «
fait au Genre humain de croître & «
de multiplier. « Je cite au bas de ma
page le P. Alexandre Dominicain ce-
lebre, dont tout le monde connoît l'e-
xactitude & la severité : mais je ne
croyois pas alors qu'il fût necessaire de
rapporter au long le passage que j'a-
vois dans l'esprit, le voicy. (*De ma-*
trimonio C. 1. Art. 3. Prop. 1.) *Ho-*
minis etiam integri natura ad matrimo-
nium inclinat: naturæ legem confirmat
positiva Dei lex, ut ostendunt Christi
verba. Mat. 19. 4. Qui fecit hominem
ab initio masculum & feminam fecit eos,
cum Genes 1. 27. comparata. Scriptum
est enim in Genes, masculum & femi-
nam creavit eos, benedixitque illis Deus,
& ait: crescite & multiplicamini. Et plus
bas : « *In ipso exordio generis humani,*
naturæ lege tenebantur omnes conjugium
inire, donec ad justam multitudinem Ge-
nus humanum perductum esset. Sicut
enim naturæ præceptum est ut quisque sa-
luti corporis consulat alimentorum sum-
ptione, ita præceptum est ut saluti ge-

a. Prop. 2.

neris consulatur filiorum generatione.
*Quod præceptum singulos homines tum
constringebat, nunc autem solam rempu-
blicam.* » La nature de l'homme consi-
» derée même dans l'état d'innocence le
» porte au mariage. La loy divine posi-
» tive confirme la loy naturelle comme
» le font voir les paroles de J. C. com-
» parées à celles de la Genese. Car il est
» dit dans l'Evangile : Celui qui a fait
» l'homme a fait d'abord un homme
» & une femme : & dans la Genese,
» Dieu crea l'homme & la femme, il
» les benit & leur dit : croissez & mul-
» tipliez , &c. Au commencement du
» monde la loy naturelle obligeoit tous
» les hommes à se marier, jusqu'à ce
» que le Genre humain fût parvenu à
» un nombre suffisant : car comme la
» nature ordonne à chaque homme de
» conserver son corps par la nourritu-
» re, elle ordonne aussi de conserver
» l'espece par la propagation : ce pré-
» cepte qui obligeoit alors tous les hom-
» mes, ne regarde aujourd'hui que la
» Republique.

Ma seconde allegation ne s'adresse
donc qu'aux Rois & aux Magistrats ,
en un mot aux Chefs de la Republique ; & elle ne tombe que sur les ma-

riages que j'ay appellez le feul moyen
legitime d'augmenter les Peuples. Si
donc il plaît à Mr D. de fe joüer des
paroles de l'Ecriture Sainte pour me
donner fans fujet un ridicule dangereux ; & de rebattre cent fois dans fa
Preface qu'il eft vray qu'à l'Opera les
Peuples apprennent à croître & à multiplier *a* ; Je ne feray pas le déclama-
teur comme lui ; je ne diray point *:*
Voicy une audace qui ne doit pas être
foufferte b *: Cette licence devroit-elle être*
permife? c Au contraire je l'excuferay
fur ce qu'il n'a pû refufer la premiere
plaifanterie qui lui foit venuë dans
l'efprit depuis qu'il eft au monde.

Mais veut-on voir l'Ecriture Sainte
formellement alleguée pour autorifer les
fpectacles? on n'a qu'à ouvrir la Preface de Mr D. même fur la Poëtique
d'Ariftote, & l'on y trouvera ces paroles : *d Si après cela on condamne la*
Tragedie ; il faudra auffi condamner
l'ufage des Fables que les hommes les
plus faints ont employées, & dont
Dieu mefme n'a pas dédaigné de fe fer-
vir. Veut-on fçavoir d'un autre côté
quelles font ces idées d'Homere, ou ces

a p. 33. p. 45. & ail.
b p. 50.   *c* p. 52.
     d p. 13.

grandes veritez qu'il enseigne , à l'occasion desquelles j'ay trouvé mauvais
qu'on citât l'Ecriture Sainte ? C'est Jupiter séduit & endormi par la ceintu-
re de Venus , comparé à Dieu même
duquel il est souvent dit dans les saints
Prophetes. *qu'il est éveillé , qu'il est en-*
dormi ; c'est le conseil de Thetis qui
dit à Achille : *mon fils , il est fort bon*
de coucher avec une femme , une Con-
cubine , *autorisé par Sara qui donne à*
Abraham sa servante Agar. J'en ay parlé au long dans ma *Dissertation Critique*,
vol 2. p. 195. *&* 196.

Ayant ainsi concilié la vûë de la Religion dans les explications precedentes avec la vûë du bien temporel que
feu M. de Cambray a suivie seule dans
l'exemple de Telemaque , je conclus &
je dis : *a* » Pendant que les Predicateurs
» & les Directeurs portent les Ames
» pieuses au dégoût & à la haîne du
» siecle present , aussi-bien qu'à la mor-
» tification & à la penitence , les Poëtes
» doivent porter les Princes à rendre
» les temps heureux & agreables , &
» à maintenir les Peuples dans une joye
» universelle : & ces deux principes
» s'accordent. Mr D. *b* cite mes paro-

a P. 238. *b* p. 360.

les jufques-là avec un &c. & il omet
la comparaifon qui fuit: Ces deux «
principes s'accordent auffi-bien que la «
magnificence d'un homme qui donne «
un grand feftin s'accorde avec la tem «
perance que les conviez doivent gar- «
der. « Mr D. a fupprimé cette comparaifon, parce qu'expliquant & prou-
vant ma penfée, elle éclairoit trop
fenfiblement le Lecteur auquel il veut
faire prendre le change. *Ces deux principes s'accordent*, dit Mr D. a *comme
le précepte de l'Evangile veillez & priez,
s'accordé avec ces maximes de l'Opera,
aimez, réjoüiffez-vous.*

Remarquez ici la double & la tri-
ple confufion que Mr D. jette dans
des matieres de morale, où l'on ne peut
trouver le vray que par une exacte diftinction des cas & de leurs circonftan-
ces. Il confond, 1°. les préceptes ou
les confeils qui regardent la perfonne
propre, l'interieur même d'un Prince
Chrétien & pieux, avec les préceptes
ou les confeils qui le regardent comme Chef de la Republique, & comme agiffant avec les autres hommes. Il
confond, 2°. les caracteres des differentes perfonnes aufquelles il convient

de donner aux Princes ces préceptes ou ces conseils differens. Il confond , 3°. l'invitation generale qui selon mon expression *a* porte les Princes à rendre les temps heureux & agreables , & à maintenir les Peuples dans une joye universelle , avec quelques chœurs pernicieux que j'ay condamnez dans les Opera. En effet, parce que l'Evangile dit à tous les Chrétiens & aux Princes mêmes : *veillez & priez , faites penitence , & portez vôtre Croix* : un Prince est-il obligé de faire veiller & prier ses Sujets , de leur faire faire penitence , de leur faire porter leur Croix ? premiere confusion , qui feroit d'un Prince Chrétien un Tyran aveugle. Parce que les Predicateurs & les Directeurs exposent au Prince même qui les écoute ou qui les consulte les maximes les plus severes de la Religion , les Poëtes doivent-ils faire entrer ces maximes dans des Tragedies composées comme Mr D. le demande , suivant les regles d'Aristote & sur les modeles de Sophocle & d'Euripide ? seconde confusion , qui feroit d'un Poëte moral un ridicule prophanateur. Parce qu'enfin nos Poëtes plus sages tous qu'Eu-

a p. 238.

ripide en particulier, ont pourtant
laissé glisser dans leurs Pieces faute de
lumiere & d'attention, des maximes
condamnables; faudra-t-il leur défendre de porter les Princes à rendre les
temps heureux & agreables, & à maintenir les Peuples dans une felicité &
dans une joye universelle? troisiéme
confusion, qui feroit d'un Critique de
Poësie un vil ennemi du Genre humain. Portons cette matiere plus loin,
& tâchons de mettre dans l'esprit des
Lecteurs cet arrangement d'idées qui
déplaît souverainement à des adversaires mal intentionnez, parce qu'ils
ne trouvent plus où asseoir leurs so-
phismes & leurs calomnies.

Par rapport à la premiere de nos
trois distinctions precedentes, c'est-à-
dire, à la difference qu'il faut faire d'un
Prince agissant avec lui-même, & du
même Prince agissant avec les autres
hommes: Je croy qu'un Roy d'une
éminente pieté tel qu'auroit été feu
M. le Duc de Bourgogne dont Mr
D. cite l'exemple *a* n'ira point aux
spectacles. Il se seroit moqué de la mo-
dification flateuse de Mr D. qui dit *b*:
Heureux les Princes, qui pour se déro-

a Pref 58.   *b* p. 52.

ber à ces Enchantereſſes auront la prudence de n'entendre qu'en paſſant ces voix trop dangereuſes. Surmontant la curioſité qu'Ulyſſe voulut ſatisfaire, ce Heros du Chriſtianiſme auroit boûché ſes oreilles encore plus exactement que le Heros de la Fable ne boûcha celles de ſes Compagnons. Il faudra par le même principe détourner des ſpectacles tous les particuliers qui demanderont un conſeil de conſcience ſur ce point. Je ſçai qu'on pourroit alleguer S. François de Sales *a* & S. Thomas même *b* contre cette déciſion priſe dans ſa generalité & dans ſa rigueur. Mais pour m'en tenir à mon ſentiment il ſuffit qu'il ſoit le plus commun, je ne dis pas entre les Peres de l'Egliſe qui combattoient des Repreſentations diſſoluës & tres-differentes des nôtres; mais entre les Auteurs Eccleſiaſtiques du dernier ſiecle qui ont condamné notre Theatre tel qu'il eſt. Tous ces Auteurs auroient compris dans la même condamnation ces témoins anonymes que Mr D. atteſte *c* contre l'Opera qui leur ſemble également *monſtrüeux* &

---

a Introduct. à la Vie dev. p. 1 c. 23. p. 3. c. 23.
b 2. 2. q. 168. art 2. ad 3.
c p. 20.

dangereux

dangereux quoyqu'ils y aillent presque tous les jours, parce qu'amoureux de la Musique, dit-il, *ils trouvent dans leur âge & dans leur raison un antidote contre le poison de ce spectacle.* Feux M. de Meaux & M. Nicole auroient répondu à Mr D. que c'est une presomption que de compter sur sa raison dans les spectacles, & que l'âge le plus avancé y donne le plus mauvais exemple. Ainsi c'est Mr D. qui faute de principe & de raisonnement Theologique tombe ici lui-même dans le relâchement qu'il m'impute à faux. En effet, bien loin que je décide comme ce Theologien dont la Lettre fit du bruit sur la fin du siecle passé, que la Comedie n'est condamnable que lors qu'elle est deshonnête, que l'on y peut assister les jours de Fêtes après les Offices aussi-bien que les autres jours, enfin, qu'en se tenant aux regles réellement observées sur le Theatre François, ceux qui composent les Pieces, ceux qui les representent, & ceux qui les voyent sont également innocens : j'ai toûjours crû que hors peut-être certains cas où l'on seroit obligé comme Naaman *a* de suivre un Maître ; on ne va point aux

a Reg. 4. c. 5.

B

ſpectacles ſans quelque peché plus ou
moins conſiderable ſelon les circonſtan-
ces : & je dis avec M. Nicole : *a*
» Sans diſputer s'il y a peché mortel
» d'aller au bal , à la Comedie , aux
» ſpectacles , il eſt certain au moins
» qu'une vie compoſée de tout cela n'eſt
» point une vie chrétienne. C'eſt ce
qui m'a fait dire dans mon Livre *b*
» que les Predicateurs ont tres-grande
» raiſon de détourner leurs Auditeurs
» des ſpectacles. Et c'eſt en vain que
Mr D. pretend faire tomber ſur l'O-
pera ſeul toute la haîne des gens de
bien contre les ſpectacles en general.
Que deviennent , dit-il c , les cenſures que
l'on a faites de ce ſpectacle licentieux ? elles
ne laiſſent pas d'embaraſſer un peu notre
eſprit Philoſophique. Il eſt certain que
dans tous les Ouvrages qui ont été
faits de nos jours ſur cette matiere ,
il s'agit ſur tout de la Comedie & de
la Tragedie ; & que pour deux cens
fois que ces deux ſortes de Pieces y
ſont nommées , à peine y parle - t - on
une ſeule fois de l'Opera. Mais Mr
D. dont l'eſprit n'eſt embarraſſé ni de
Philoſophie ni de Theologie , & qui

a Inſt. ſur la Penit. c. 35.
b p. 250.   *c* P. 47.

n'a en tout cecy d'autre zele que son
animosité contre les Modernes, & d'autre lumiere que sa prévention pour les
Anciens, vouloit sauver la longue Apo-
logie qu'il a faite de la Tragedie dans
sa Preface sur la Poëtique d'Aristote.
La maniere dont il défend la Tragedie Grecque par ce qu'elle a de pur-
gatif dans sa constitution, & de cor-
rectif dans ses chœurs, fait voir mani-
festement qu'il en veut aux Theologiens qui avoient condamné toute sorte de spectacle. C'est dans cette Preface qu'il dit en propres termes *a* : *Que*
la Tragedie n'a aucun défaut qui ne vien-
ne du dehors, qu'elle est bonne par elle-
mesme, & que ceux qui la condamnent,
condamnent non seulement le divertisse-
ment le plus noble & le plus capable d'é-
lever le cœur & de former l'esprit, mais
le seul qui puisse purger les passions. Là-
dessus admirez un homme qui allegue
en sa faveur des Auteurs contre lesquels il a écrit en ce point même, &
qui les allegue contre moy qui ay dit
formellement : *b* que je ne m'adres- »
sois point à des Auteurs, qui par «
des principes tirez de la pieté chré- »
tienne ont écrit contre les Spectacles «

» & les Romans , & que je laiſſois
» toutes leurs raiſons dans leur entier.

Mais je crois d'un autre côté qu'un
Roy bon Chrétien & en même temps
ſage politique permettra les ſpectacles,
en les maintenant dans l'obſervation
exacte de l'honnêteté civile. Je ne
m'appuyeray point de l'autorité alleguée par l'Auteur de la Lettre déja ci-
tée. *Fontana de Ferrare* , dit-il , *rap-*
porte dans ſon Inſtitution fol. 45. *que*
S. Charles Borromée permit les Comedies
dans ſon Dioceſe par une Ordonnance
de 1583. *à condition neanmoins qu'a-*
vant que d'eſtre repreſentées elles ſeroient
revûës & approuvées par ſon Grand-Vi-
caire. Fontana de Ferrare ne ſe trouve dans aucune des plus grandes Bi-
bliotheques de Paris , à commencer par
celle du Roy : ſon nom même n'a pas
été connu des plus grands Bibliogra-
phes , tels par exemple que Konigius
& Lippenius ; & je ſçay de ſcience certaine que l'Auteur de la Lettre n'a jamais vû ſon Livre. Mais quand Fontana de Ferrare exiſteroit , & qu'il
auroit dit ce qu'on lui fait dire , il
devroit l'avoir pris lui-même dans des
monumens certains. Or nous avons en
deux volumes in-folio le Recueil le

plus ample & le plus complet qu'on
puiſſe avoir des Actes de l'Egliſe de
Milan *a* ſous S. Charles, des Lettres
Paſtorales de ce ſaint Archevêque, en
un mot de tous les Reglemens qu'il a
laiſſez à ſon Egliſe : on n'y voit aucune trace d'une pareille Ordonnance,
qui non ſeulement ne paroît point con-
venir au caractere de S. Charles, mais
qui ſeroit ſurprenante de la part de
quelque Evêque que ce ſoit, à moins
qu'il n'eût été en même temps Prince
temporel. Cependant ſans pretendre
donner aucune déciſion abſoluë en une
matiere qui n'a pas encore été diſcutée
dans les termes où je la réduis : Je dis
ſeulement qu'un Roy ſage & éclairé
ſçaura que pour gouverner les hommes il ne s'agit pas de leur donner des
impreſſions qu'ils ne prendront point
par force, mais qu'il faut faire un uſa-
ge utile de celles qui ſe trouvent en
eux. Le grand Politique eſt un ſça-
vant Mecanicien qui ne cherche point
à forcer le mouvement local, mais qui
fait ſervir à ſon deſſein les loix mêmes de ce mouvement. Je ne propoſe-
ray pas non plus en faveur des ſpectacles tolerez les motifs d'une politique

a Acta Eccleſiæ Mediolanenſis. Med. olini. 1599.

intereſſée de la part du Prince , ou qui
ne va qu'au bien exterieur de l'E-
tat; comme l'occupation des eſprits oi-
ſifs & tumultueux , l'amour des Peuples qu'on ne manque jamais de ga-
gner par les plaiſirs publics , l'appas of-
fert aux Etrangers qui apporteroient
avec eux dans le Royaume une partie
de leurs richeſſes. Ces ſortes de vûës
ſur tout ſi elles étoient ſeules pourroient porter les ſpectacles à une ſom-
ptuoſité & même à une licence contraires aux bonnes mœurs : je parle d'une
politique qui ne cherche que l'avantage moral des particuliers.

Les ſpectacles en procurent de deux
ſortes au gros du monde , au commun
des hommes deſquels ſeuls il s'agit ici.
Le premier eſt d'empêcher de veritable-
bles déſordres ; dont le jeu qui eſt le
moins honteux n'eſt pas le moins pré-
judiciable. C'eſt en cette vûë que j'ay
dit : a » que les Magiſtrats favoriſent
» les ſpectacles qu'ils regardent com-
» me l'amuſement d'une Jeuneſſe inom-
» brable, & en même temps vive &
» fougueuſe, qu'on détourne par - là
» d'une infinité d'actions criminelles
» par elles-mêmes, & tres - dangereu-

a P. 249.

ſes pour l'Etat & pour la ſociété. «
Je n'ay pas icy contre moy Mr D.
même, qui malgré ſa nouvelle ferveur
dit par hazard : *que les ſpectacles ſont
neceſſaires dans un grand Peuple.* Mais
on trouve quelques Auteurs qui nient
cette propoſition, alleguant ſur tout
l'exemple de S. Louis qui chaſſa, di-
ſent-ils, les Comediens de ſa Cour &
de ſon Royaume. Je reſpecte l'intention & les motifs de ces Auteurs, mais
ils ne ſe ſouviennent peut - être pas
qu'encore que ſuivant les principes de
la Theologie il ne ſoit jamais permis
de faire un mal pour procurer un bien ;
l'homme public ſur tout peut permettre de moindres maux pour en empêcher de plus grands. Je n'employeray
point l'exemple outré & odieux d'un
peché réel & groſſier dont la tolerance a été autoriſée par S. Auguſtin même *b* dans des climats à la verité plus
ardens que le nôtre. Mais à l'égard
de S. Louis, le R. P. le Brun de l'Ora-
toire dans un Livre fait contre la Comedie a prouvé ſçavamment qu'il n'y
avoit point de Comediens du temps

a p. 78.
*b Aufer meretrices de rebus humanis, turbaveris
omnia libidinibus. Aug. de ordine. l. 2. c. 4.*

de S. Louis, & que ce faint Roy n'a-
voit chaffé que des Jongleurs & des
Menétriers qui avoient rempli le public
de Vers & de Chanfons deshonnêtes.
Enfin de fçavoir fi les fpectacles pré-
viennent les grands défordres, & con-
tribuent à la tranquilité publique ; c'eft
plutôt une queftion de Police que de
Theologie ; & elle ne peut être bien
décidée que par le Prince, les Mini-
ftres & les Magiftrats qui connoiffent
par eux-mêmes l'interieur des grandes
Villes.

Mais outre ces avantages de précaution dont nous venons de parler, on
peut donner aux fpectacles une utilité
pofitive qui confifte à faire trouver aux
hommes dans le plaifir qu'ils cherchent
l'inftruction qu'ils ne cherchent pas.
Mais cette inftruction ne combat que
les vices qui font contraires au bien
temporel du particulier ou du public ;
elle n'infinuë que les vertus humaines
& civiles : voilà fur quoy j'ay toûjours
infifté. C'eft par-là qu'au lieu d'attaquer les Theologiens ennemis de la
Tragedie, comme a fait Mr D. je m'accorde parfaitement avec eux. Non feu-
lement je fuis de leur avis fur le peu
de réalité ou de folidité de cette gué-

rifon temporelle, ou de ces vertus humaines & civiles; mais je reconnois
encore l'oppofition generale de l'efprit
du monde qui regne dans les fpectacles,
à l'efprit de l'Evangile que l'on prend
dans les Sermons & dans les Ecrits de
pieté. C'eft pour cela qu'après avoir
parlé de la fidelité au Prince & de l'a-
mour de la Patrie, dont on voit de
frequens exemples dans les Tragedies-
Opera comme dans les autres; j'ajoûte ces paroles: Je fçay que toutes «
ces vertus feroient bien plus folides «
& plus meritoires, fi elles entroient «
dans l'ame par la voye de l'inftruc- «
tion chrétienne. Ainfi les Predica- «
teurs ont tres-grande raifon de détour-«
ner des fpectacles leurs Auditeurs «
capables d'une meilleure Ecole. Il «
n'eft perfonne qui ne voye ma penfée:
cependant il y a icy une faute d'expref-
fion que Mr D. auroit relevée, s'il
étoit Theologien; c'eft que le terme
de *meritoire* quand il eft feul, fignifiant
meritoire du falut; au lieu de dire que
les vertus dont nous venons de parler
feroient plus folides & plus meritoires,
fi elles entroient dans l'ame par la voye
de l'inftruction chrétienne; je devois

a 149.

B v

dire que les vertus que les **Poëtes Pro-**
fanes peuvent infinuer n'étant ni folides ni meritoires , les Docteurs Evangeliques font fort bien de détourner
des fpectacles tous ceux, qui venant
les écouter ou les confulter , font déja
voir par là qu'ils font capables d'une
meilleure Ecole. C'eft donc un raifon-
nement faux que celui de Mr D. lorf-
qu'il dit : *Si la Poëfie dans les Opera*
infpire prefque toûjours l'honneur, la fi-
delité au Prince , & le fervice de la Pa-
trie , pourquoy les Predicateurs ont - ils
raifon de détourner leurs Auditeurs d'un
plaifir innocent qui eft fi utile & fi ne-
ceffaire? Je réponds à cela qu'il les en
détournent tres-à-propos, par la même raifon que feux M. de Meaux , M.
Nicole , & les autres Theologiens attaquez par Mr D. ont fort bien fait de
détourner leurs Lecteurs de la Tragedie , en fuppofant même que fa con-
ftitution purgeât les paffions, & que
les chœurs corrigeaffent les difcours
pernicieux des perfonnages ; parce que
ces purgatifs & ces correctifs font des
remedes humains & mondains comme
le corps même des fpectacles, que je
n'ay point appellez innocens, & qui

a P. 54.

dans la rigueur de la Religion ne le font pas.

Mais je tiens que le fage politique doit cultiver dans les hommes les vertus morales & civiles, dont ils font plus generalement capables que des vertus chrétiennes & Evangeliques ; parce que les premieres étant fondées fur les fimples impreffions de la nature, elles conviennent également à ceux mêmes qui font feparez de Religion. Si elles ne fuffifent pas pour fanctifier les particuliers, elles fuffifent pour maintenir dans les Etats une tranquillité, & une felicité exterieure & temporelle, qui eft le feul but de la politique. Je ne fuis pas de ceux qui croyent qu'il faut abandonner les hommes, dés qu'on ne peut pas les conduire à la veritable pieté, L'Etat même n'eft pas chargé de rendre les hommes pieux : mais comme je l'ay dit *a* : Il eft de l'in- «« terêt public qu'ils ne foient pas des «« barbares & des fcelerats, comme l'Hi- «« ftoire fait comprendre qu'ils l'étoient «« prefque tous, dans le temps même «« où ils montroient le plus d'ardeur con- «« tre les Nations Infideles, & fous le «« plus faint de nos Rois. J'ajoûte à cela ««

a p. 250.

Bj

» ces paroles : Les ſpectacles & ſur tout
» les Tragedies preſentant des perſon-
» nages qui ont de la generoſité & des
» égards pour leurs ennemis mêmes,
» banniſſent ſûrement de l'ame du com-
» mun des hommes la ferocité & la
» cruauté. Ce ſentiment dont Mr D.
paroît ſi ſcandalizé n'eſt à la lettre que
le ſien même ; car il eſt à remarquer
que ces paroles de mon Livre ne regardent point l'Opera. C'eſt ſur tout
à la Tragedie que j'ay attribué les
avantages précédens, à cette même
Tragedie dont Mr D. a pris la défen-
ſe avec tant de zele & d'affectation.
Mais quand j'aurois parlé des Opera
comme j'en parle plus bas, quand j'aurois dit ᵃ : » que tous les beaux Arts
» dont le goût adoucit les mœurs, ſe-
» lon le témoignage d'un Ancien, ſem-
» blent concourir à l'Opera pour for-
» mer l'eſprit des ſpectateurs, Mr D.
n'étoit point en droit de me faire des exclamations ironiques comme lorſqu'il
dit ᵇ : *Pendant que la France étoit ſans
Opera nous étions des ſcelerats & des barbares . . . l'Opera eſt venu, nous voilà non
ſeulement gens polis & gens d'eſprit ;
mais gens de bien: il n'y a point de re-*

ᵃ p. 242.   ᵇ p. 58.

connoiſſance qu'il ne faille témoigner aux
inventeurs d'un ſpectacle qui produit de
ſi puiſſans effets, & qui bannit de l'a-
me du commun des hommes la ferocité
& la barbarie. Il devoit ſe ſouvenir qu'il
avoit ainſi parlé dans la Pref. ſur la
Poëtique d'Ariſtote a : *Un Hiſtorien
fort grave (Polybe) fait une reflexion
qui vient fort à mon ſujet, & qui ne
me paroît pas indifferente pour la politique. En parlant des Peuples d'Arcadie,
il dit que leur humanité, leur douceur,
& leur reſpect pour la Religion ; en un
mot la pureté de leurs mœurs & toutes
leurs vertus venoient principalement de
l'amour qu'ils avoient pour la Muſique,
qui par ſa douceur corrigeoit les mau-
vaiſes impreſſions qu'un air triſte & mal
ſain joint à leur vie dure & laborieuſe
faiſoit ſur leurs corps & ſur leurs eſprits : & il dit au contraire que ceux de
Cynethe ne ſe porterent à toutes ſortes
de diſſolutions & de crimes, que parce
que renonçant aux ſages inſtitutions de
leurs Ancêtres ils avoient negligé cet
Art. . . Il n'y avoit point de Ville Greque
où l'on eût vû de ſi grands crimes & ſi
frequens. Si Polybe parle ainſi de la Muſique : s'il accuſe Ephorus d'avoir avancé une*

a p. 15.

chose indigne de lui, lorsqu'il a dit qu'elle
n'avoit été inventée que pour tromper les
hommes; que ne doit-on pas dire de la
Tragedie dont la Musique n'est qu'un
petit ornement? Je ne crois pas qu'il y
ait rien de plus risible que ces deux
passages du même Mr D. mis vis-à-
vis l'un de l'autre : comme il sçait qu'on
lit peu sa Poëtique d'Aristote, il espe-
roit sans doute qu'on ne découvriroit
pas la contradiction ?

Mr D. pour se tirer d'embarras,
dira premierement à l'égard de la Tragedie, qu'il n'a vanté que celle qui
est conforme aux regles d'Aristote *a*.
Et quelles regles ay - je posées moy-
même, ne sont-ce pas celles que Mr
D. a tirées des tenebres d'Aristote, &
que j'ay tirées du dérangement & de
l'interruption des remarques de Mr D ?
N'ay-je pas mis dans tout son jour
dans l'art. V. de ma Dissertation Pre-
liminaire *b* la distinction de deux genres
de Tragedies, sur laquelle toute la morale de ce Poëme semble fondée ? Horace qu'on joint toûjours avec Aristote, &
qui paroît n'avoir seulement pas lû cette
Poëtique qui peut - être n'existoit pas

a Pref. de la Poët. p. 11.
b Vol. 1. p. 185.

de son temps, n'a jamais dit un seul
mot de ces deux genres que je regarde comme le point le plus important
de ce Traité, & sur lequel seul on
peut dire qu'un Auteur se conforme ou
ne se conforme pas à Aristote. M. Despreaux a fait son Art Poëtique sans
sçavoir cette distinction, M. Corneil-
le l'a combattuë sans l'entendre, & M.
Racine a composé toutes ses Tragedies,
excepté Phedre, sans s'en servir : j'ose
me flater enfin, d'avoir beaucoup con-
tribué, & à la faire connoître, & à la
faire valoir. Ainsi rien n'est moins équitable que ce que dit Mr D. *« Je doute
qu'il y ait un seul Poëte sensé qui quitte
Aristote & Horace pour suivre M.
l'Abbé Terrasson ; en tout cas la peine
suivra de près la faute.* Je mérite bien
ce reproche ; moy qui malgré les grands
succés de nos Tragiques, & l'opinion
contraire de tous les beaux esprits Modernes, ay reçû & appuyé toutes les
regles des Anciens, tant sur l'Epopée
que sur la Tragedie ; en y faisant seulement quelques additions & quelques
restrictions qui les rendent non seulement plus justes, mais plus morales. Je
ne veux point par exemple que dans

* p. 29.

l'Epopée on faſſe admirer un ſcelerat ;
ou que dans la Tragedie on inſinuë que
les paſſions rendent les crimes invo-
lontaires : mais je ne crois pas en verité qu'il y ait un honnête homme qui
ayant examiné les choſes, puiſſe être
d'un autre avis que le mien ſur ces
deux articles ; ſur leſquels mêmes je
ne crois differer que du P. le Boſſu,
ou de Mr & de Me D. & nullement
d'Ariſtote ni d'Horace.

Secondement, à l'égard de la Muſique Mr D. dira qu'il n'a recomman-
dé que celle qui eſt employée dans des
chœurs modeſtes comme ceux d'Euripide ; tres-modeſtes ſans doute ! en
voicy un exemple traduit par Mr D.
même *a. Heureux qui fait la débauche
étendu dans un feſtin prés des aimables
ſources qui découlent des raiſins, tenant
dans ſon giron une charmante Maître∫∫e b.
Heureux qui parfumé d'eſſence embraſſe
une blonde beauté pleine de luxe & de
mole∫∫e.* M. Frain du Tremblay qui a
déja allegué cette traduction, dit là-
deſſus *c* : » J'ay honte de rapporter un

---

a Art Poët. d'Hor. p. 28c. nouv. Edit.
b Dans le Grec rapporté par Mr D. même, choſé
abominable, il s'agit d'un homme Φίλον ἄνδρ' ὑπαγ-
καλίζων *amicum hominem amplectens.*
c p. 285.

tel difcours, & il n'y a point de «
Chrétien qui n'en dût avoir honte «
auffi-bien que moy: car les plus grands «
débauchez ne peuvent rien dire de «
plus lafcif. « Ce n'eft pas l'avis de Mr
D. qui ne trouvant point dans la langue de termes affez diffamans pour qua-
lifier l'Opera, dit *a* que les Satyres
d'Euripide font fort retenus. Il trouve même qu'ils le font trop : ce chœur
tout horrible, tout infame que vous
le voyez, eft felon lui *trop poli & trop*
recherché pour des Satyres qui n'y font
pas tant de façon, & qui fe trouvent
heureux à moins. Il n'y a point de mi-
lieu, continuë-t-il, *ce chœur de Saty-*
res parle comme Anacréon ou Anacréon
a parlé comme ce chœur de Satyres. La
déclaration eft formelle : Mr D. nous
affûre qu'Anacréon traduit en François
par Madame fon époufe, encore fille,
parle comme les Satyres que l'on vient
d'entendre.

Cependant laiffant à part des exem-
fi pernicieux ; je fuis, fur les utilitez
de la Tragedie & de la Mufique qu'on
y peut joindre, du même avis que Mr
D. dans fa Pref. fur la Poëtique d'A-

a Art Poët. p. 285.

riſtote. Mais comme M. Deſpreaux a
le diſoit à M. Perrault en parlant des
avantages de nôtre ſiecle ſur les precedens ; je ſuis differemment de même
avis. Mr D. veut forcer, pour ainſi dire, la Religion à approuver la Tragedie. *Je ſuis perſuadé*, dit-il *b*, *que la*
charité veut qu'on profite de ce reſte de
raiſon qui porte les hommes à aimer les
divertiſſemens où il y a de l'ordre, & les
ſpectacles où l'on trouve de la verité. Des
hommes infirmes, dit-il plus bas *c*, *qui*
ne peuvent encore porter le joug de la
Religion ne ſçauroient avoir d'amuſemens
plus utiles. Certainement la charité ne
prendra jamais cette route ; & elle n'of-
frira aux hommes que les maximes de
l'Evangile proportionnées ſeulement à
leurs diſpoſitions preſentes : ou ſi la
charité ſouffre les ſpectacles, ce ne ſera
pas une charité d'invitation qui propoſe
ce remede à des infirmes, ſelon l'ex-
preſſion de Mr D. ce ſera une charité
de tolerance qui déſapprouve & qui
condamne comme un mal la choſe même tolerée. Mais la ſageſſe humaine,
la politique, qui comme nous l'avons
dit plus haut, ne cherche que la tran-

a Lettre à M. Perraut.
b Pref. d'Ariſt. p. 12.   *c* p. 13.

quilité exterieure, & le bien actuel &
temporel de la societé ; qui n'agit pas
avec des disciples soûmis & qui viennent prendre conseil d'elle ; mais qui
gouverne & qui conduit des Peuples
entiers, souvent sans qu'ils le sçachent,
& quelquefois même sans qu'ils le
veüillent, se sert avantageusement des
spectacles pour occuper & pour instrui-
re des hommes insensibles d'ailleurs à
la pureté & à la sublimité des maximes de l'Evangile.

A'prés avoir supposé les vûës qui
conviendroient à un Prince qui seroit
dans la grande pieté, j'ay pris les choses dans un cas plus ordinaire, & j'ay
consideré le Prince même comme en-
traîné au spectacle par la recherche du
plaisir où de l'amusement. A voir la
querelle que Mr D. me fait *a* pour
avoir dit que le gros du monde n'est
pas capable d'une meilleure Ecole que
les spectacles : on ne devineroit pas qu'il
eût dit la même chose que moy, dans
sa Pref. sur la Poëtique d'Aristote *b*.
La Tragedie, dit-il en propres termes,
est le seul remede dont des hommes ma-
lades puissent profiter : Il est vray que
pour écarter la ressemblance, Mr D.

rapportant mes paroles dans la Preface d'Epictete, met faussement le mot d'Opera par tout où j'avois mis celui de spectacle. *M. Terraffon, dit-il a, vient de nous dire que l'affemblée qui se ferme à l'Opera (j'ay dit aux fpecta-cles) est composée des premieres Personnes du Royaume: Quoy!* continuë Mr D. *les premieres Personnes du Royaume ne sont pas capables d'une meilleure Ecole que celle de l'Opera?* Toujours l'Opera au lieu des fpectacles. *Voilà une ma-lediction bien terrible. M. l'Abbé m'a reproché que j'avois injurié mon siecle, parce que j'ay dit que nous n'avions pas tant d'esprit que les Atheniens : voici une injure bien plus atroce, & qui tombe directement sur ce qui merite le plus d'ê-tre respecté. Il a pourtant toûjours oüy dire qu'il n'y a rien de plus messéant que d'injurier des Nations entieres : mais il est encore plus messéant d'injurier la fleur & l'élite des Nations.* Je pense en verité que Mr D. raisonne ainsi par une hu-milité outrée, & pour faire croire à fes Lecteurs qu'il n'a pas même autant d'esprit qu'il en veut bien passer à un François. Quoy! c'est injurier la fleur & l'élite des Nations que de dire qu'en

a p. 52.

une infinité de chofes, mais fur tout
en fait de vertus chrétiennes, les Rois
& les Princes reffemblent pour l'ordinaire au commun des hommes. En fe-
cond lieu Mr D. a-t-il fi peu de con-
noiffance de l'efprit humain & d'ufage du monde qu'il ne fçache pas que
m'adreffant même à un Prince, je ne
l'offenferay point en lui difant que je
ne le crois pas tout-à-fait fi pieux &
fi dévot qu'un autre Prince, comme
je l'ay dit *a* de la plûpart des Rois à
venir en comparaifon de Louis le
Grand ? au lieu que je l'offenferois
groffierement fi je lui difois qu'il eft
plus foible & plus ignorant qu'un tel,
& qu'il n'a pas le moindre goût ; fur
tout fi je faifois ce reproche à un Prince plein d'efprit & de lumieres ; ainfi
que Mr D. l'a fait cent fois à fa propre Nation la plus ingenieufe & la plus
éclairée qui fût jamais.

J'ay donc dit *b* que comme il faut «
fuppofer le penchant qu'auront au «
plaifir la plûpart des Princes qui ne «
tireront pas les regles d e leur condui- »
te des inftructions chrétiennes qu'ils «
pourront entendre, ou même qui ne «
les entendront pas, les Poëtes qui tra- «

» vaillent aux spectacles peuvent se re-
» garder en un certain sens comme les
» premiers, & peut-être les seuls Maî-
» tres de Morale qu'auront les Rois.
Il n'est point d'efforts que Mr D. n'ait
fait pour donner un mauvais tour à ces
paroles qu'il rapporte fidellement à la
p. 38. de sa Preface, mais qu'il rebat à
contre-sens dans toute la suite. Premierement, il me demande a *si c'est à*
cette Ecole que feu M. le Dauphin avoit
appris la bonté, la sagesse & la justice?
Vrayement non ; puisqu'il atteignoit
pour le moins au même degré de pieté
que son auguste Ayeul, qu'il étoit tres-
docile aux instructions chrétiennes, &
qu'ainsi il étoit tres-capable d'une meilleure Ecole que les spectacles. Après
cela Mr D. continuant de transformer
le mot de spectacles en celui d'Opera,
& ôtant par tout le *peut - estre* de ma
phrase me fait dire en termes absolus *b*
que les faiseurs d'Opera sont les premiers
& les seuls Maîtres de Morale qu'auront les Rois, ou que doivent avoir
les Rois. Cette équivoque calomnieuse
fait voir combien il importe pour la
probité même de se rendre l'esprit juste : mais poursuivons.

a p. 38.   *b* p. 55. 63. 69. &c.

J'ay crû ne pouvoir propoſer de fin
plus noble aux Poëtes que l'inſtruction
des Princes, non ſeulement par la dignité des perſonnes inſtruites, mais
plus encore par l'utilité qui peut re-
venir au public de leur inſtruction. Mais
le bon ſens me fait voir une grande
difference entre les leçons du Predica-
teur Evangelique & celles du Poëte Moral. C'eſt ma ſeconde diſtinction à laquelle il faut bien que Mr D. s'oppo-
ſe. *Qui a jamais oüi parler,* dit-il *a,
de cette étrange diſtinction que M. l'Abbé Terraſſon a imaginée entre ce qu'on
doit preſcher & ce qu'on doit chanter?* Je
ne m'étonne pas que Mr D. écrive de
pareilles choſes. Mais apparemment il
ne conſulte perſonne ſur ce qu'il écrit :
car quel amy éclairé lui auroit paſſé
cette exclamation? Quoy! Mr D. voudroit mettre dans la bouche d'un Pre-
dicateur, je ne dis pas ſon infame
chœur de Cyclope d'Euripide, mais
les chœurs ordinaires des Tragedies
Greques; ou voudroit faire entrer dans
nos Pieces de Theatre ce que l'on
apprend dans les Sermons & dans
les Prônes ? Ce ſeroit retomber
dans la prophanation de cette Trou-

a p. 76.

pe groſſiere dont parle Deſpreaux *a.*

Qui ſottement zelée en ſa ſimplicité
Joüa les Saints, la Vierge, & Dieu par
   pieté.

Mais, continuë le Poëte :

Le ſçavoir à la fin diſſipant l'ignorance,
Fît voir de ce projet la dévote imprudence;
On chaſſa ces Docteurs preſchans ſans
   miſſion.

Laiſſons donc Mr D. joüir du goût
qu'il a pour la confuſion des idées, &
raiſonnons indépendamment de lui.

La fonction la plus ordinaire du Pre-
dicateur eſt d'inviter les Rois mêmes
à la mortification & à la penitence;
au lieu que la principale fonction des
Poëtes eſt de leur inſpirer tout ce qui
peut contribuer à la felicité publique. Je
ſçay parfaitement que la Religion pro-
poſant tous les devoirs qui concernent
Dieu, ſoy-même, & le prochain, for-
meroit ſeule un excellent Prince. Mais
comme les Predicateurs craignent de
donner à leurs Sermons un air de politique, & encore plus de preſenter ſous
une idée favorable les commoditez &

a Art Poët. Chant. 3.

les

les douceurs de la vie, ils éviteront toûjours les peintures trop marquées d'un
Regne civilement heureux; & il n'eſt
perſonne qui voulût employer en Chaire
le tableau de Telemaque même tel qu'il
eſt *a*. Les Poëtes au contraire doivent
prendre les Princes par la gloire &
par le plaiſir qui leur reviendra à eux-
mêmes de mettre les peuples dans l'a-
bondance & dans la joye. Quoyque nos
Poëtes n'ayent pas toûjours eu l'attention de tourner de ce côté-là les divertiſſemens de leurs Opera, nous en avons
pourtant quelques-uns depuis ceux de
Mr Quinaut même où l'on voit ce deſſein executé. C'eſt ſur ce plan par
exemple qu'eſt faite la Scene de Picus
& des Peuples qui viennent de le cou-
ronner dans l'Opera de Picus & Ca-
nente. *b*

PICUS.

Si je regne vous deveʒ croire
Que mon rang va pour vous redoubler
mon ardeur;
Heureux ſi par votre bonheur
Je puis un jour vous payer de ma gloire!

a Cy-deſſus, p. 13.
b Par M. de la Motte Act. 1. Sc. 2.

C

LE CHOEUR A SATURNE.

Venerable Saturne, & vous qu'il a fait
naître,
Recevez nos sermens, Arbitres des hu-
mains ;
Ce Heros désormais est notre unique
Maître,
Nous remettons notre sort en ses mains :
Qu'il exerce un pouvoir suprême,
Qu'il nous tienne lieu de vous-même.

PICUS A SATURNE.

Seconde l'ardeur qui m'engage
A rendre ces Peuples heureux ;
Que les peines soient mon partage,
Et que les plaisirs soient pour eux.

Cette même vûë a produit la fête
Pastorale de Callithoé *a*, où par une
des plus belles situations qu'on ait vûës
sur notre Theatre, cette Princesse veut
bien prendre part à la felicité de ses
Peuples qui ne leur est accordée qu'au
prix de sa vie, sans qu'ils le sçachent.
Ils disent à la Princesse : *b*

a Par Mr Roy.
b Acte 4. Scene 3.

Princeſſe, aimez nos bocages ;
Preſtez l'oreille à nos Chants ;
La Cour preſente aux Rois les plus bril-
lans hommages,
Nous vous offrons les plus touchans.

Le Ciel nous fait de douces promeſſes,
Nous vous devons toutes ſes faveurs :
Nous n'avons à donner que nos cœurs,
Comptez nos cœurs parmi vos richeſſes.
Goûtez & donnez
Des jours fortunez.

Ce ſont des idées ſemblables que j'ay
voulu faire prendre aux Poëtes lorſque
j'ay dit *a* : que l'Opera eſt particulie- «
rement propé à inſinuer les vertus «
douces & populaires ; comme la Tra- «
gedie eſt propre à inſinuer les vertus «
ſeveres & heroïques. « C'eſt ainſi que
mettant à profit, pour aînſi dire la ſé-
duction même, je veux faire chanter
certaines vertus par la voix des Sirénes
que je connoiſſois auſſi-bien que Mr
D. qui croit m'avoir pris là dans une
plaiſante ignorance *b*. Que pouvons-
nous faire de mieux, nous autres Auteurs Critiques qui trouvons un ſpectacle établi indépendamment de nos con-
ſeils que l'on n'a pas demandez, que

d'effayer de le rendre utile dans fon
efpece qu'on ne changera pas pour l'a-
mour de nous. En effet quand il feroit
vray que les Princes ne dûffent pas
fouffrir les fpectacles ; tant qu'ils feront
foufferts, nos préceptes de Poëtique
doivent tendre à leur donner quelque
utilité morale. Mr D. n'en a-t-il pas
voulu donner à la Tragedie, & ne croit-
il pas être en cela un Auteur Moral ?
De quel droit m'ôte-t-il le même titre ? *Mr l'Abbé Terraffon*, dit-il, a
n'étant point un Auteur Moral. J'ay à
lui répondre qu'au lieu que dans la
morale qu'il a propofée pour la Tragedie, comme dans toutes fes produ-
ctions, il n'eft qu'un Traducteur & un
Commentateur ; je fuis le premier qui
aye ouvert un fyftême de morale pour
l'Opera. Mais bien loin que Mr D. me
tienne compte de ma bonne intention ;
il ne me pardonne pas même de vouloir infpirer aux Princes les vertus douces & populaires ; & il met ces fortes
d'invitations au rang des maximes Epi-
curiennes ; c'eft fa troifiéme confufion
qui eft la plus groffiere & la plus odieu-
fe de toutes. Mais pour mieux éclaircir ce dernier point, il eft bon d'ex-

a p. 69.

pliquer l'origine des reproches que Mr D. me fait fur mes principes de morale.

Le vice le plus effentiel & le plus géneral de l'Iliade eft l'éclat que le Poëte donne par tout à un homme infolent, injufte, & feroce, fous pretexte qu'il eft brave ; comme fi fa bravoure, qu'il ne veut jamais employer pour l'interêt public, étoit autre chofe qu'une fureur toûjours infenfée, & quelquefois même ridicule. C'eft ce monftre dont Homere a fait fon Heros, qui eft dans tout fon Poëme l'Idole de tous les Grecs, le feul ennemi craint des Troyens, & ce qui eft encore plus condamnable, le principal objet de la protection & de de la faveur de Jupiter. Ce Dieu joue parmi les Dieux le même rôle qu'Achille joue parmi les hommes. Il mefure fa grandeur au pouvoir qu'il a de prendre comme il lui plaît le parti de l'injuftice ; il s'en fert pour mettre les Peuples aux mains après avoir allumé dans leur ame la difcorde a, & il repaît fes yeux du fpectacle fanglant de tant de milliers d'hommes qui tuent, & qui font tuez b. J'ay déclaré fur ce

a L. 7. p. 15. de la Traduct, de Me D. n. 210.
b L. 11. p. 168. λ. 83.

point une guerre implacable à Homere, & je l'ay pourſuivi dans tous les
recoins de l'Iliade pour lui reprocher d'avoir voulu mettre en honneur
de ſi horribles caracteres. A tout prendre neanmoins, l'exemple de Jupiter
n'a pas tiré à conſequence. La maniere
dont Homere a traité les Dieux l'a fait
aſſez generalement paſſer pour un fou
& pour un impie. *Homerus dum Deo-*
rum pugnas, vulnera, & monomachias
deſcribit, furere ab hominibus ſui tempo-
ris dictus eſt a. M: D. eſt la premiere
qui ait entrepris de juſtifier le caractere & la conduite du Jupiter d'Homere par les notions que la Religion
nous donne de Dieu. Quoyque je ne
ſois pas Theologien au jugement de Mr
D. b je crois avoir rendu la ſaine Theologie victorieuſe des applications &
des interpretations fauſſes que M: D.
avoit faites de l'Ecriture Sainte ſur cet
article.

L'exemple d'Achille avoit été beaucoup plus pernicieux que celui de Jupiter. Selon le témoignage du P. le
Boſſu, c » Homere en a uſé tellement
» à l'avantage de ſon Heros, qu'il a

a *Nannius. Miſcell. l. 6.*
b Pref. p. 52.   c L. 4. c. 8.

presque fait disparoître ses grands vi- «
ces par l'éclat d'une vaillance mira- «
culeuse qui en a imposé à tant de per- «
sonnes ! « Me D. elle-même quoyqu'a-
vertie du piege s'y est engagée plus avant
que qui que ce soit. *C'est moi qui vous
ay rendu tel que vous êtes*, dit Phenix à
Achille : *tel que vous estes*, dit Me D. «
transportée d'admiration & de joye ;
*c'est-à-dire le plus grand des Heros, un
homme égal aux Dieux.* Voilà l'illusion
que j'ay le plus vivement combattuë
dans mon Ouvrage. J'ay appellé Homere un Poëte funeste au genre humain, pour avoir fait un grand homme
d'un grand malfaiteur, changeant ainsi
la premiere signification du nom de
Heros, qui dans l'ancienne Histoire,
& dans l'ancienne Fable, indiquoit ces
hommes qui avoient purgé la nature
de monstres & de brigans, & porté
leurs bienfaits par toute la Terre.

Les admirateurs d'Homere qui ne
peuvent fermer les yeux à toutes les
lumières de leur siecle, & qui sentent
l'opinion qui a prévalu sur le caractere
d'un vray Heros & sur le mérite d'un
grand Prince, ne nous proposent point
Achille comme un personnage digne

a 2. 464.

C iiij

d'approbation & d'imitation. Ils accordent même que cet homme égal aux
Dieux eft chargé de vices : mais ils
prétendent lui conferver toute notre
admiration, fous pretexte qu'il a été
exempt d'amour, paffion qui felon Mc
D. ne peut jamais avoir rien de grand
ni contribuer au grand, & qui par
une confequence neceffaire de fes principes, eft bien plus défavantageufe pour
un Heros que l'extravagance, l'injuftice & la cruauté d'Achille. Perfonne n'eft plus convaincu que moy des
défordres que la paffion des femmes
eft capable de caufer dans l'ame d'un
Prince, qui devient cruel par la mo-
leffe même : je tâche dans tout mon
Livre d'infpirer aux Chefs de la Republique le retranchement de tout ce
qui peut porter dans le public l'air &
le goût de la licence : je dis dans l'article même attaqué par Mr D. que
rien ne feroit fi dangereux que les fpectacles diffolus, parce que la diffolu-
tion produit toûjours les deux effets op-
pofez, de rendre les hommes effemi-
nez & fanguinaires *a*. Mais d'ailleurs
j'ay foutenu que dans les cas mêmes
où l'amour eft une foibleffe ou un cri-

a p. 250.

me ; cette espéce de foibleffe ou de crime, bien loin d'être feule incompati-
ble avec le caractere d'un Heros Poëtique, comme le croit M. D. eft une
de celles qu'on peut le plus vrayfem.
blablement lui fuppofer ; parce que
c'eft celle qui peut tomber le plutôt
dans une ame d'ailleurs genereufe &
bienfaifante. J'ay prétendu au contraire que les vices d'Achille étant contraires à la focieté, & par confequent les
plus odieux de tous felon la morale civile, ne devoient jamais entrer dans le
caractere d'un Heros propofé comme
un objet d'admiration ; de peur que les
Princes ne fûffent tentez de croire comme Alexandre, que leur veritable grandeur confifte à fe rendre formidables
au genre humain par leur colere & par
leurs vengeances.

Ces principes d'humanité & de douceur qui attirent ordinairement à un
Ecrivain la bienveillance des Lecteurs,
étant ruineux pour Homere & décou-
vrant toute la perverfité de fa morale, ont irrité contre moy Mr D. Il
n'a pourtant pas voulu les atraquer im-
mediatement, parce qu'ils portent avec
eux leur démonftration ; mais il m'a
attendu fur une maxime importante,

C v

que je propofe aux Princes : & trom-
pé par les mefures que je prens à l'é-
gard de quelques perfonnes rigides,
en la propofant, il a crû que j'avan-
çois une maxime relâchée fur laquelle
il n'avoit qu'à tomber. Avant que de
repeter cette maxime, je fuis bien ai-
fe de dire à Mr D. quelles font les
perfonnes rigides que j'ay voulu mé-
nager. Ce ne font pas ces gens qui connoiffent les hommes par une grande experience & par de grandes lectures.
Ceux-là fçavent mieux que moy les
temperamens que les Saints mêmes
qui ont rempli les grandes places ont
apportez dans les conjonctures difficiles, où ils voyoient l'Eglife, les Princes, ou les particuliers ; le peu qu'ils
ont exigé d'abord des hommes pour
exiger davantage dans la fuite ; l'attention qu'ils ont euë à profiter de
ce qu'ils trouvoient de bon en eux pour
les porter à quelque chofe de meilleur.
Ces mêmes Saints que l'on cite avec
raifon pour la feverité dans les points
effentiels, font pleins dans les autres
rencontres de ces exemples d'indulgen-
ce que l'on peut auffi avoir raifon de
moins citer, de peur que l'on en abu-
fe. Mais on remarque aifément que l'é-

rudition & l'ufage du monde rendent
l'efprit doux ; & qu'un homme qui a
beaucoup lû & beaucoup vû , quelque
rigide qu'il foit dans fes principes , ne
fera jamais outré dans la décifion des
cas particuliers. L'igrorance défend
tout ou permet tout felon l'humeur &
les préjugez du confulté , mais la fcien-
ce examine tout & diftingue tout felon l'état & le befoin du confultant.
Je ne ménage point d'un autre côté
ces gens qui n'ayant ni juftefle naturelle
d'efprit , ni connoiflance acquife de la
Théologic morale , s'imaginent qu'on ne
fe trompe jamais avec de la rigueur ;
ou s'ils la jugent inutile au commun
des hommes , ils la croyent avantageu-
fe pour fe diftinguer eux - mêmes , ou
pour nuire à leurs adverfaires. Quand
j'ay dit qu'une maxime que je propofe
ne me feroit peut être pas honneur auprès de certaines gens ; je pouvois à
l'égard de ces derniers fort bien ôter
le *peut-eftre* , comme le dit Mr D. *a*
car bien loin de m'attendre à leur approbation , je brigue leur cenfure fi
on fe l'attire en parlant pour la felicité publique. Je n'ay donc voulu mé-
nager que ces perfonnes timides , qui

a P. 45.

fincerement zelées pour la pureté de
la morale, redoutent jufqu'au mot de
plaifir, & craignent que le moindre
ufage qu'on en peut faire ne tourne à
la corruption des mœurs. C'eft à ces
perfonnes que j'ay voulu faire comprendre *a* qu'il faut quelquefois fe fervir
de ce nom pour porter aux vertus civiles les Princes qui ne feront pas dans
la grande pieté, & pour tirer d'eux
finon leur propre perfection, du moins
la tranquillité & la felicité publique.
Lors donc que j'ay dit aux Princes qui
cherchent les plaifirs, « que les plaifirs
» qu'ils cherchent ne doivent pas les
» empêcher d'être juftes; & qu'il n'y
» a même que l'exacte obfervation de la
» Juftice qui puiffe procurer à eux &
» à leurs Sujets des plaifirs tranquilles;
j'ay cru devoir ajoûter: » que cette
» maxime ne me feroit peut - être pas
» honneur auprès de certaines gens:
» mais qu'il n'eft aucun Prince qui en
» l'écoutant ne fe condamnât lui - mê-
» me, s'il abandonnoit des devoirs ai-
» fez, & dont l'accompliffement lui af-
» fûre une récompenfe fi agreable. Ainfi
la défiance où je parois être d'abord
fur ma maxime, n'eft qu'un tour qui

a p. 240. 241.

me conduit à expliquer aux personnes
timides dont j'ay parlé, le principe
& les utilitez d'une proposition morale-
ment & politiquement certaine. J'a-
joûteray même icy que ce seroit un
manque de vûë & de lumiere dans ceux
qui sont chargez de l'éducation des
Princes, & de tous ceux qui doivent
entrer dans le grand monde ; que de
faire consister toute vertu dans une
certaine regularité où l'on les tient dans
leur enfance ; parce que sortant des
Maîtres, ils croyent que le temps de
cette regularité étant passé, celui de la
vertu l'est aussi. Mais sans leur faire
jamais prevoir qu'ils puissent un jour
se jetter dans le plaisir, il faut pourtant leur donner des principes fonda-
mentaux de probité & de bonté qui
soient tels, que quand même ils se dé-
rangeroient malheureusement dans leurs
mœurs, ils ne fissent jamais tort à
personne, & demeurassent toûjours équi-
tables & bienfaisans.

Je m'arrêterois plus volontiers à ces
reflexions generales qu'à l'examen des
mauvaises chicanes de Mr D. auxquel-
les il faut encore répondre. C'est peu
pour lui d'employer les qualifications
les plus outrageantes contre les pro-

pofitions les plus fimples & les plus vrayes ; d'avoir toûjours au bout de fa plume les termes d'*affreux* & d'*impie*, trifte foulagement d'une colere déraifonnable & fterile ! il m'impofe contre mes propres paroles d'exclure les maximes feveres de la Relïgion & de l'Ecriture. *Il faut bien fe garder*, dit-il ironiquement *a*, *de débiter aux Rois ces préceptes durs & fecs : Vous donc ô Rois devenez fages, fervez le Seigneur avec crainte, inftruifez-vous de vos devoirs, vous qui jugez la Terre.* Non, il ne faut point s'en garder ; mais pour les leur dire, il faut que le lieu, le temps & la perfonne prepare le Prince à la fainteté de ces paroles : autrement elles demeureront fans fruit dans la bouche de celui qui aura la hardieffe de les prononcer. L'Ecriture même n'infpire-t-elle pas aux Rois dans les occafions convenables le foin de procurer à leurs Peuples la felicité, l'abondance, & même la joye. On n'a qu'à lire les dix premiers Chapitres du III. Livre des Rois, où l'Hiftorien facré décrit la gloire & le bonheur du Regne de Salomon, d'abord après qu'il eut reçû la fageffe, & avant fa chûte qui

_a_ P. 44.

ne commence qu'au Chap. 11. On
voyoit tout Juda & tout Israël deve-
nus aussi nombreux que le sable de la
mer dans les festins & dans les réjoüis-
sances. *Juda & Israël inxumerabiles sicut arena maris in multitudine, comeden-
tes & bibentes atque lætantes* a. C'est sur
des expressions bien moins marquées que
celle-là dans mon Livre que Mr D.
s'écrie: *quelle horrible Pholosophie! quelle malheureuse décision* b *! Il n'y a qu'un
veritable Epicurien qui pût ne pas rou-
gir de la doctrine pleine d'impieté qu'enseigne Mr l'Abbé Terrasson* c. Ce n'est
pas ma faute si Mr. D. ne comprend
pas que les sources de joye que les
bons Princes ouvrent à leurs Peuples,
sont fort differentes des conseils de vo-
lupté qu'un veritable ou peut-être un
faux Epicurien donneroit à ses disciples. Le même Salomon qui rendoit
ses Peuples si heureux & si contens
en qualité de Roy, les invite plus d'une
fois à la crainte de Dieu & à la penitence, en qualité de Prophete, dans la
longue & belle priere de la Dedicace
du Temple, au Chap. 8.

Après avoir essayé de tirer la feli-

a *3. Reg. c. 4. v. 20.*
b *p. 43.*   c *p. 70.*

cité publique des Rois mêmes qui ne
feroient pas dans la grande pieté, j'ay
tenté encore de la tirer de ceux qui ne
feroient pas d'un génie fort élevé ou
d'un travail fort affidu. Quoyque l'au-
gufte Enfant que nous voyons croître
nous fafle efperer en lui toutes les qua-
litez d'un grand Roy; j'ofe me flater
que les Lecteurs intelligens me fçau-
ront gré, dans les Royaumes fur tout
où la naiffance donne la Couronne, d'a-
voir voulu rendre le bonheur public
un peu plus commun, que s'il ne falloit l'attendre que des hommes parfaits.
Dans cette vûë j'ay dit *a*: » Bien que
» je fçache le prix de la vigilance &
» des détails, & que les Ouvrages qui
» en font fentir l'importance foient ex-
» cellens; il eft certain qu'autant qu'il
» eft difficile de gouverner les hom-
» mes par des principes de politique
» ou de reforme, autant il eft aifé de
» les conduire par de fimples vûës d'é-
» quité & de bonté, qui ont prefque
» toûjours mieux réüffi que les plus
» grandes idées & les plus profondes
» meditations. Mr D. qui femble croire que la Religion condamne le Bonheur public, tâche de rendre odieufes

a p. 241,

toutes mes Reflexions, en difant à la fin de chacune : *Rien de plus facile, cela va tout feul, les Rois n'auront qu'à aller à l'Opera* a. Tout Opera qui invitera les Rois à être juftes & bons, fera moins vitieux que la Preface de M. D. Mais à l'égard fur tout de la dernieré maxime que je viens de repeter, il me fait une injuftice digne de lui : il fupprime la reftriction par laquelle je commence, où je releve le prix de la vigilance & des détails, & mets au nombre des excellens Livres ceux qui en font fentir l'importance. La raifon de cette omiffion eft qu'après avoir rapporté ma maxime, il veut placer cette exclamation ironique & calomnieufe dans toutes fes parties b. *Loin donc ces préceptes des Philofophes ; loin ces beaux Traitez de morale qui ont été faits de nos jours ; loin ces inftructions que nous donnent les Saïnts ; tous ces préceptes de politique & de réforme font trop durs & trop difficiles, c'eft à l'Opera qu'il faut aller. Les Rois y prendront de fimples vûës de bonté & d'équité, bien autrement propres à conduire les hommes que les idées de politique & de réforme les plus approfondies.* Quoy-

a p. 45. 46.   b. p. 46.

que Mr D. puisse dire, il est constant
qu'un Roy quelque grand homme qu'il
puisse être, ne pouvant pas entrer dans
tous les détails, doit sur toutes choses imposer la loi de l'équité à ceux
qu'il rend les Ministres de sa puissan-
ce, ou qu'il charge des travaux de
son Etat, & faire sentir que la justice
est son principal objet, sur lequel il
écoutera tous les malheureux & punira
tous les coupables. Il peut ensuite agir
par lui-même selon le degré de son intelligence & de son zéle; & plus il fera
de bien par lui-même, plus il aura de
part réelle à la félicité & à la recon-
noissance de ses Peuples. Mais le point
essentiel & necessaire est cet amour &
cette observation de la justice, qui est
à la portée des hommes les plus simples,
& dont la pratique se facilitera de jour
en jour par les premiers exemples de severité renouvellez dans les occasions.
Quand Mr D. me devroit reprocher
cent fois comme à la p. 46. *que j'écarte
toutes les épines de la Royauté;* je me
croirois trop heureux si je pouvois per-
suader à tous les Rois du Monde que
cette regle de conduite est aussi aisée
qu'elle est importante.

A ce propos je ne ferai pas diffi-

culté de dire icy que dans l'attention
que j'ay eûë de recueillir les jugemens
des Lecteurs sur mon Ouvrage; je sçay
que les hommes d'Etat qui sont le plus
en réputation de superiorité de genie,
& d'ardeur pour le travail; & qui par
consequent sembloient avoir interêt que
j'exagerasse les difficultez d'un Gou-
vernement heureux, ont neanmoins
beaucoup approuvé les principes de
douceur & de facilité qui sont répan-
dus dans mon Livre. D'où vient cette
approbation? C'est premierement de ce
que les grands hommes sont naturellement bons, & qu'ils se croyent moins
propres à contribuer au bien de l'Etat
parce qu'ils sont grands, que parce qu'ils
sont bons. Toute leur severité tombant
sur ceux qui troublent le bonheur ou
le repos public, ils ne songent d'ail-
leur qu'à faciliter toutes choses, & à
mettre dans le Royaume & pour le de-
dans & pour le dehors cette liberté &
cette aisance qui a toûjours fait le caractere des Nations polies, & qui les
a toûjours portées au plus haut point
de la richesse & de la gloire. Mais
en second lieu le grand homme sçait
que la douceur de la domination en
est le fondement le plus ferme; parce

que le seul principe réel & durable de
l'obéïssance est dans le cœur des
Sujets. En effet les esprits severes, éclai-
rez d'ailleurs comme on en a vû de nos
jours, peuvent connoître l'esprit de
l'homme pour le peindre; mais ils ne
le connoissent point pour le gouverner : ou bien encore ils sont tres-capa-
bles de gouverner ceux qui vont d'eux-
mêmes se soûmettre à leur conduite;
mais ils ne réüssiroient pas à regir une
multitude à laquelle il faut plutôt donner un penchant volontaire vers le côté
où l'on veut la conduire, que la détourner de l'autre par une violence
perpetuelle.

C'est sans doute un grand avantage
pour moy, que ces principes que j'a-
vois posez dans un autre temps & sous
un autre Regne, se trouvent confirmez
par la conduite du grand Prince auquel la Providence a confié la Regen-
ce du Royaume. L'esprit le plus beau
que l'on puisse avoir reçû de la nature, & le travail le plus assidu que l'on
puisse exiger d'elle, ne sont en lui que
l'instrument & le moyen que sa douceur & sa bonté mettent en usage pour
établir la felicité publique, & pour
répandre par tout la joye qui suit de

l'abondance : quand Mr D. devroit regarder cette joye *comme un grand malheur, & gémir de ce scandale.*

II.

Mr D. à la p. 24. de sa Preface sur Epictete place au milieu de l'Appologie qu'il fait d'Homere & d'Aristote une parenthese d'environ trois pages, pour confirmer une décision qu'il a portée dans l'Argument du Dialogue de Platon, intitulé *Criton.* Il est question de sçavoir selon les propres termes de Mr D. *a Si un homme qui est condamné à mort injustement peut sans crime se dérober aux Loix & à la Justice.* Socrate ayant pris le parti de subir cette mort lorsqu'il pouvoit s'y soustraire, Mr D. fait de cette conduite, non un exemple singulier de magnanimité, mais une obligation generale, & indispensable sous peine de crime. L'occasion s'est presentée dans les premieres pages de mon second volume *b* d'examiner cette décision formelle d'un cas de conscience, qui me paroissoit hazardée de la part de Mr D,

a Argnment du Criton.
b Chap. 2. Art. 1.

& déplacée dans un Livre prophane comme le sien. C'est pour cela que n'en parlant qu'après lui, j'ay pris neanmoins certaines mesures dont il s'est crû dispensé, & j'ay dit : » Puisque » Mr D. m'engage par son exemple à » entrer dans ces sortes de matieres en » un Ouvrage comme celui-cy, & soû- » mettant d'ailleurs aux Juges de la do- » ctrine sa décision & la mienne ; je » soûtiens que sans une inspiration par- » ticuliere de Dieu comme celle qui » autorisoit S. Pierre & S. Paul, dont » Mr D. allegue la conduite, ou sans » des raisons équivalentes à cette inspi- » ration, on est obligé quand on le peut » sans mensonge ou autre mauvaise » voye de s'échapper des mains de ses » persecuteurs, pour deux raisons capita- » les : l'une est de ne point tenter Dieu » en s'exposant à une épreuve violente » dont on pouvoit se dispenser ; & » l'autre d'épargner à ses persecuteurs » même l'accomplissement de leur cri- » me.

Mr D. rappellant cette question dans la Preface d'Epictete *a*, ne manque point de rappeller l'exemple de S. Paul, *qui étant en prison*, dit-il, *& voyant les*

a p. 52.

portes ouvertes & ses chaînes tombées,
non seulement ne se sauva point ; mais
empêcha mesme les autres prisonniers de
se sauver a. Il n'est point dit du tout
qu'il empêcha les autres prisonniers de
se sauver, quoyqu'en effet ils ne se sau-
vassent pas : mais je satisfais en general à cet exemple en le rapportant à
l'inspiration particuliere que j'ay ex-
primée dans ma proposition. En effet,
S. Paul se servit de cette occasion pour
convertir le Geolier & toute sa famille.
Le même S. Paul dans une autre cir-
constance échappa des mains de ses
persecuteurs à Damas par le secours
des Disciples qui le descendirent dans
une corbeille par dessus les murailles
de la Ville b. Mr D. appliquera sans
doute à ce dernier exemple la distinction qu'il a déja donnée dans sa Preface. Dieu ordonne de fuïr les persecutions. *Ouy,* dit-il *c, pendant qu'on*
est libre : mais dés qu'on est en prison
il faut obéir aux loix. Mr D. n'a aucun droit de partager ainsi l'observation d'un précepte Evangelique ; & sa
distinction n'est recevable qu'autant
qu'il la tireroit de la commune inter-
pretation des Peres que nous verrons

a Act Ap. 16.   *b* Act. 9.   *c* p. 25.

bien-tôt ne lui être pas favorable. En effet si c'étoit là le cas de l'obéissance aux loix, il seroit aussi défendu de fuïr quand on est libre ; puisque le decret de prise de corps émane des mêmes loix qui condamnent à la mort un homme pris. Cependant S. Paul racontant lui-même son évasion, *a dit que le Prefet de Damas en personne le cherchoit pour l'emprisonner.* L'autorité publique ne pouvoit pas être plus constante. Mais de plus ; que signifie l'expression de Mr D. *Quand on est en prison il faut obéir aux loix.* Est-ce qu'en general il ne faut pas leur obéir aussi quand on est libre ? Mais enfin on ne leur désobéit point en fuyant, soit qu'on soit en prison, soit qu'on n'y soit pas. Car la loy dit : Qu'on prenne ou qu'on punisse de mort un tel, mais elle ne dit point : Qu'un tel se laisse prendre ou punir de mort.

A l'égard de S. Pierre, Mr D. pretend qu'*il ne se sauva pas dès que Dieu eut délié ses chaînes & ouvert sa prison : mais que l'Ange du Seigneur le poussa, & l'obligea de le suivre.* Premierement tout cela est raconté dans les Actes des Apôtres *b* comme fait en un

a 2. Cor. 11.　　*b* C. 12.

même

même instant : & l'on ne voit point
que S. Pierre ait d'abord voulu demeurer dans la prison : l'Ange le poussa seulement pour le réveiller, *percussoque la-*
tere Petri excitavit eum ; & il paroit
n'avoir été envoyé que pour rompre ses
chaînes & lui ouvrir les portes de la
prison. L'Ange de Socrate ne lui com-
mande point de sortir, dit Mr D. dans
l'Argument du Criton, voilà pourquoi
Socrate ne sort point. Voyez où porte
l'admiration aveugle pour les Philosophes Payens : à mettre en parallele le
genie de Socrate avec l'Ange de S.
Pierre. C'est une belle chose à nous alleguer aujourd'hui que le genie de Socrate, si on le prend à la lettre : &
nous sommes fort disposez à donner
dans l'imbecilité presomptueuse qui lui
auroit fai croire qu'un esprit infaillible lui parloit sensiblement. C'est pourtant là dessus que Mr D. appuye le
plus qu'il peut. Après avoir dit *a* que
ma seconde raison est, *qu'il faut se sau-*
ver à moins qu'on n'ait une inspiration
particuliere de Dieu qui en empêche ;
confondant ainsi une raison avec une
restriction. Il ajoûte : *Mais qui lui a dit*
que Socrate faisois cette grande action

a p. 25.

D

sans une inspiration particuliere de Dieu?
N'est-ce pas de Dieu que viennent aux
hommes tous les bons mouvemens? 1º. Là
question entre Mr D. & moy est de
sçavoir si c'étoit là un bon mouvement :
ainsi il ne lui est pas permis en bonne
Logique de poser cela en fait. 2º. Si
Socrate a reçû en ce point de sa conduite une inspiration particuliere de
Dieu, il entre dans ma restriction : je
ne le condamne plus, & je ne com-
bats que Mr D. qui veut faire de cette
inspiration particuliere une regle generale. Mais, 3º. rien n'est plus har-
di que de justifier par des inspirations
particulieres les hommes, & sur tout
les Payens qui s'écartent des regles
communes de la morale, telle qu'est la
loy de fuïr dans les persecutions : Et
bien loin d'imiter ces exemples extra-
ordinaires je soutiens qu'il n'est permis
de les approuver dans les Saints mêmes, que lorsqu'ils paroissent approu-
vez par l'Eglise. A ce sujet je diray
qu'en general Mr D. donne toûjours
trop aux Payens du côté de la Religion. Cela le jette d'abord lui-même
dans des propositions outrées, & qui
recevroient à l'examen des qualifications plus fortes ; comme celle qu'il

avance p. 9. de la *Preface du prem.*
vol. de son Epictete. *L'Histoire ne nous*
permet pas de douter qu'il n'y ait eu des
Payens qui ont fait un bon usage de leur
raison, à qui Dieu a daigné se faire con-
noître, qui l'ont aimé, qui l'ont prié,
qui l'ont servi, & qui ont fait de bon-
nes œuvres morales. En démêlant le vrai
d'avec le faux dans cette proposition
assez adroite, il est certain qu'à l'égard
sur tout des Payens posterieurs à la pu-
blication de l'Evangile, tels qu'Epictete & Marc Antonin que Mr D. a en
vûë ; il n'est point conforme à la Theologie Catholique de dire que demeu-
rant Payens ils ayent été en état de
connoître Dieu, de l'aimer, & de le
servir. Outre cela Mr D. voulant en
vain relever les Payens du côté de la
Religion leur fait perdre les avantages qu'ils pourroient avoir d'ailleurs :
Ainsi après avoir comblé Epictete de
loüanges souvent fausses, sur le rapport
de sa doctrine avec la nôtre ; il est
obligé de dire a *Qu'il n'y a point de*
Chrétien tant soit peu instr. it des veri-
tez de la foy dont il ne prefere la scien-
ce à celle de tous ces Philosophes. Que
nous importe donc un Livre inferieur

a *Pref. p. 7.*

au plus petit ouvrage de dévotion qui
ait jamais été imprimé, Mr D. ne feroit point réduit à faire ce sacrifice,
s'il n'avoit vanté les Payens que de
leur intelligence dans la politique, par
exemple, & dans toute morale humaine & civile; car il n'y a eu parmi
les Chrétiens que les plus grands hommes qui en ayent sçu plus ou même
autant qu'eux sur ce sujet.

Mr D. venant ensuite aux deux raisons capitales de ma proposition, dont
la premiere est qu'il ne faut pas tenter Dieu, me répond *a*: *Est-ce tenter*
Dieu que de faire une action de justice,
petition de principe dont nous parle-
rons plus bas; *& tant de Martyrs qui*
se sont presentez aux persecutions les plus
cruelles ont-ils tenté Dieu? Les Peres
de l'Eglise vont lui répondre. Origene
b premierement *c* lui dira. » Ne
» nous jettons point avec trop de zèle
» & d'inconsideration dans le combat
» de la mort pour rendre témoignage
» à la verité. Il est glorieux, si le
» combat se presente, de ne point dif-
» ferer la confession du nom de J. C.
» & de mourir pour lui sans délay:

a p. 26.   *b* In Joan c, 31. Le Passage
ntier sera plus bas.

mais il n'est pas moins glorieux de «
né point s'expofer à une épreuve fi «
violente & de l'éviter en toute ma- «
niere, parce que le fuccez en eft in- «
certain. « S. Athanafe, dans l'Apolo-
gie qu'il a faite de fa fuite, allegue da-
bord dans le fens contraire à celui de
Mr. D. l'exemple de S. Pierre qui fui-
vit l'Ange qui le tiroit de la prifon,
par où il eft clair pour le dire en paf-
fant, que S. Athanafe ne fait qu'un même cas ou un même devoir de fuïr
quand on eft libre comme il l'étoit,
ou quand on eft en prifon comme S.
Pierre. Il y joint l'exemple de S. Paul
qui fut defcendu par deffus les murailles de Damas, celui de Moyfe qui de
la Terre de Madian s'enfuït en Egy-
pte, celui de David qui fuïoit Saül,
& des Prophetes qui fuïoient Achab ;
& il termine tous ces exemples en difant : que ces Saints ne fe prefen- «
toïent point à leurs ennemis pour ne «
point violer le précepte de l'Ecriture, «
qui dit : *Tu ne tenteras point le Sei-* «
gneur ton Dieu. « Cette précaution eft
même tellement conforme à l'efprit de
l'Eglife, que fi elle a regardé comme
Héretiques ceux qui permettoient de fa-
crifier aux Idoles pour éviter la mort,

comme les Gnostiques & les Valenti-
niens ; elle a donné le même nom à
ceux qui défendoient de fuïr dans les
persecutions, comme les Marcionites
& les Montanistes. Cette derniere opinion défenduë par Tertullien dans son
Traité, *De fuga in persecutione*, a fait
mettre ce Traité au nombre des sept
qu'il a écrits contre l'Eglise *adversus
Ecclesiam*, selon l'expression de S. Je-
rôme *a*. Et comment n'auroit-il pas été
permis de fuïr, ou de s'échapper de sa
prison ; puisque tous les Ecrivains Ecclesiastiques ont approuvé ceux mêmes
qui donnoient de l'argent pour se ra-
cheter de la persecution & des suppli-
ces, pourvû qu'ils ne tombassent pas
dans l'inconvenient des Libellatiques
qui tiroient des Gouverneurs des Pro-
vinces un certificat qu'ils avoient obéi
à l'Empereur en sacrifiant aux Idoles,
quoyque cela ne fût pas *b*.

» A l'égard des Martyrs qui se sont
presentez aux persecutions les plus
cruelles ; voici ce qu'en ont jugé les

*a Catal. Script. Ecc. c. 24. & 40. Vide Tertull. Pa-
melii.*

*b Baron. an. 205. Le P. Alexandre tom. V. de
l'Hist. Eccles. in 8ct p. 251. Mr. de Tillemont
Hist. de l'Eglise tom. III. p. 703.*

Peres du Concile d'Elvire *a* : Si quel- «
qu'un va briser les Idoles, & qu'il «
périsse dans le Temple ; comme son «
action n'est point autorisée par les pré- «
ceptes de l'Evangile, & qu'on ne l'a «
pas vû pratiquer sous les Apôtres ; «
nous ne voulons pas qu'il soit reçû «
au nombre des Martyrs. Avant ce «
Concile même Saint Cyprien *b* écri-
vant à son Clergé & à son peuple,
leur dit formellement : *Qu'aucun de*
vous ne se presente de lui-même aux
Payens. Cependant pour ne laisser aucun scrupule sur l'exemple de quelques
Saints qui s'éroient livrez aux bour-
reaux, le Cardinal Baronius parle ainsi. *c* : Ceux qui étoient veritablement «
& sincerement Chrétiens se condui- «
soient de telle sorte, qu'étant dans la «

a Si quis idola fregerit, & ibidem fuerit occisus : qua-
tenus in Evangelio scriptum non est ; neque invenitur
sub Apostolis unquam factum ; placuit in numero eum
non recipi Martyrum. Conc. Eliberit. cap. 60. an.
305. Collect. Labb.

b Ep. 83. Oxoniensibus. 81. *Ne quisquam vestrum ul-*
tro se Gentilibus offerat.

c Qui legitimo germanoque Catholico nomine Christia-
ni dicebantur vitam sic instituerant, ut cum pro fide quam
susceperant millies, si liceret, vitam profundere in vo-
luntate haberent; tamen ex præscripto Evangelii, la-
tebris vel fuga, justa ratione à furore persequentium se
subducerent ; nisi Spiritus Sanctus, privato quodam im-
pulsu, ut de pluribus contigit, aliter faciendum esse iisdem
suasisset. Baron. an. 305. num. 11.

D iiij

» résolution de souffrir mille morts s'il
» le falloit pour la foy qu'ils avoient
» embrassée ; suivant neanmoins ce qui
» est prescrit dans l'Evangile, ils évi-
» toient prudemment la fureur des per-
» sécuteurs, en fuyant, ou en se ca-
» chant ; à moins que le S. Esprit par
» une inspiration secrete, comme il est
» arrivé à plusieurs, ne les fît agir au-
» trement. L'inspiration secrete n'est pas
même le seul motif de demeurer dans
la persecution ; & comme j'ay eu soin
de le dire, il y a des raisons équivalentes à cette inspiration : telles par
exemple que la dignité ou la fonction
Episcopale dans une Ville où les fideles seroient attaquez. S. Augustin l'a
specifiée dans une de ses Lettres *a* ; ajoû-
tant aussi que le Prelat doit fuïr lorsque l'on en veut à sa personne, & que
d'autres Ministres peuvent remplir sa
place : de sorte même que si dans une
persecution generale un plus grand
nombre de Ministres qu'il n'en est besoin s'offroit de demeurer, il ne faudroit pas accepter le zele de tous ; mais
on pourroit décider par le sort qui sont
ceux qui doivent s'exposer, & ceux qui
doivent se reserver : car il n'est pas toû-

a *Ad Honoratum Ep.* 180. *Benedict.* 228.

jours vray que l'exemple qu'un homme innocent donne par sa mort soit
auffi utile que les services qu'il pourroit rendre aux hommes dans la suite,
comme le pretendoit Epictete allegué
par Mr D. *a* C'eft à l'homme à suivre
l'ordre commun, la Providence le con-
duira toûjours à ses fins. O

Mr D. allegue enfin ma derniere raison qui est d'épargner à ses persecuteurs mêmes l'accomplissement de leur
crime; & il me répond ainsi : *Mais*
n'eſt-ce que l'execution de la Sentence
qui rend criminel le Juge injuſte? N'eſt-
ce pas la Sentence même dès qu'elle eſt
prononcée? D'ailleurs pour épargner un
crime à ses Juges faut-il se rendre soy-
même criminel? Mr D. sera peut-être
bien aise d'apprendre d'abord les trois
motifs generaux que la Theologie morale propose pour arrêter autant qu'on
le peut l'execution d'un dessein ou d'un
ordre injuste, motifs charitables à l'é-
gard de celui-là même qui s'est déja
rendu criminel par ce dessein ou par
cet ordre. Le premier est d'empêcher
que cet homme par l'accomplissement
de ses désirs ne confirme & n'augmen-
te son habitude & son inclination vi-

* p. 27.

D v

tieuse : le second est de prevenir le
scandale que causera son crime executé
& rendu public : & le troisíéme de lui
épargner la réparation de tous les dommages temporels dont sa mauvaise action le chargera devant Dieu. Mais
pour venir au cas particulier de la persecution, Origene continuë ainsi le
passage que j'ay déja commencé *a*. » Il
» faut fuïr afin que nous ne soyons
» point cause que ceux qui n'ont point
» encore versé notre sang deviennent
» plus grands pecheurs & plus impies
» qu'ils ne le sont. S. Clement d'Alexan-
drie *b* dit même en propres termes :
» Celui qui n'évitant pas la persecution
» se laisse prendre par sa temerité, aide
» autant qu'il est en lui la méchanceté

a Voicy le passage en Latin plutôt qu'en Grec
pour la commodité de l'impression, & suivant l'usage même des citations Ecclesiastiques. *Ne iracundius
ac inconsideratius insiliamus in certamen mortis pro veritate testimonium præbituri. Etenim honestum quidem
est, si inciderit certamen pro confitendo Jesu confessio-
nem non differre, neque tardare mortem pro veritate
oppetere. At non minus quam hoc honestum est tali tan-
tæque tentationi occasionem non dare, sed omnimodo vi-
tare eam ; non solum quia tantæ rei, exitus interius fit
nobis : verum etiam ne nos occasio simus ut magis pec-
catores, magisque impii evadant illi,* &c. Orig. in
Joan. c 31.
b *Qui non vitat persecutionem se capiendum præbens
per audaciam, is est qui quantum in se est adjuvat
probitatem ejus qui persequitur.* Clem. Alex. Strom.
l. 4. c. 10.

de son persecuteur. « Or il est clair que
ces deux raisons, l'une de ne point s'exposer à une épreuve violente, l'autre
d'épargner à ses persecuteurs l'accomplissement de leur crime, conviennent
également à un innocent menacé de la
mort, soit qu'il soit en prison, soit qu'il
n'y soit pas encore. Je les avois prises,
comme on le voit, dans les Auteurs
les plus respectables. Si je ne les ay
pas nommez dans mon Livre, c'étoit
pour ne pas faire comme les Commen-
tateurs un grand étalage de citations,
sur tout en matieres Theologiques dont
je n'ay jamais parlé qu'avec peine, &
forcé par les comparaisons que Mr D.
fait sans cesse des reveries d'Homere
avec les veritez de notre Religion. Je
prendray seulement la liberté de les
avertir l'un & l'autre de bien examiner ce qu'ils voudroient écrire contre
la premiere moitié de mon second volume, qui a pour titre, des mœurs des
Dieux : car croyant n'attaquer que mes
propositions & mes raisons, ils seront
surpris d'avoir attaqué, comme ici, celles
des plus grands Ecrivains de l'Eglise
que je n'ay fait que copier.

Au reste je ne touche point à la
question : si un criminel même peut en

conscience s'échapper de la prison ? J'ay
déclaré dans mon Livre *a* que je n'en
voulois pas dire un seul mot, & Mr
D. ne réveillant rien là-dessus je continuë de me taire. Mais sur l'interro-
gation qu'il me fait ici : *Pour épargner*
un crime à ses Juges faut-il se rendre
soy-même criminel ? Je suis bien aise de
lui alleguer un endroit de la Logique
de M. Crousaz *b*. » On appelle dans
» l'Ecole petition de principe la faute
» où l'on tombe lorsque la preuve dont
» se sert suppose déja la verité de la
» proposition que l'on prétend établir.
» Sur des sujets fort simples, cette mé-
» prise paroît puerile, & en même
» temps si grossiere que l'on est tenté
» de regarder comme superfluë la regle
» qui la défend. Voici cependant Mr
D. à qui je soûtiens que se dérober à
la Sentence de ses persecuteurs est une
action juste bien loin d'être criminel-
le; & qui vient me dire que pour épargner un crime à ses Juges, il ne faut
pas se rendre criminel, en se dérobant
à leur Sentence. C'est pourtant un homme si avancé dans l'art du raisonnement qui s'offence du conseil que j'ay

donné à ceux qui n'ont pas étudié en
Theologie d'être reservez en parlant
des regles de la Theologie morale &
des dogmes de la foy. *C'est une doctrine
tres-fausse*, dit Mr D. a *qui ouvriroit
la porte à des désordres trop grands dont
l'ignorance seroit le moindre.* Represen-
tez-vous en effet les grands désordres
qui vont arriver, lorsque ceux qui
n'ont pas étudié en Theologie n'en par-
leront point. Si j'avois dit que ceux
qui n'ont étudié ni en Droit ni en Medecine ne doivent point dogmatiser sur
les principes & sur les regles de l'une
& de l'autre science, Mr D. ne l'auroit peut-être pas trouvé mauvais. Mais
parce que la Theologie est de toutes
les sciences celle qui demande une plus
grande connoissance de faits & de sentimens differens, une plus parfaite précision d'idées & de termes, Mr D.
qui a cultivé d'autres connoissances &
d'autres talens veut absolument parler
de Theologie & en parlera. C'est à ses
amis & non à ses adversaires à l'en dis-
suader. Je diray seulement qu'un homme même qui s'embarqueroit dans la
lecture de l'Ecriture & des Peres, sans
étudier en même temps les explica-

tions que l'Eglise interprete de l'Ecriture, des Peres, & d'elle - même, donne à tout ce qui s'est dit, & à tout ce qui s'est fait dans tout le temps de sa durée ; bien loin de sortir Theologien de cette lecture , en sortiroit à peine Catholique. Or selon la maxime que j'ay déclaré tenir de mes Maîtres *a*, & que je ne crains pas de repeter ; c'est principalement dans les Ecoles publiques & approuvées que l'on apprend ces explications , & par consequent l'usage que l'Eglise veut que l'on fasse de l'Ecriture & des Peres : seul usage qu'on en puisse faire legitimement.

III.

Mr D. qui voudroit bien détruire ma Critique sans y répondre , finit sa déclamation contre l'Opera par ces mots *b*. *On jugera de tout l'Ouvrage par cet échantillon : c'est par tout le même esprit Philosoph:que de M. Perrault, & de Desmarets, par tout la même force de raisonnement, la même finesse de Critique , & la même capacité avec encore plus de présomption. Et plus bas c :*

a Dissert. Crit. vol. 2. p. 175.
b p. 76.   *c* p. 77.

Je ne feray pas l'affront à Homere, à Aristote, à Platon, à Sophocle, à Euripide
de les défendre contre un tel ennemy; ils
se soûtiendront d'eux-mêmes. Mr D. pouvoit retrancher Sophocle dont je n'ay
jamais parlé qu'avec estime : mais il
devroit sçavoir que ce dédain affecté
est le langage ordinaire d'un homme
vaincu : ainsi je n'ay garde de prendre
le même ton ; & j'essayeray de satisfaire en deux mots à quelques-unes de
ses objections dont la plûpart tombent
sur ma Preface.

Ennemi déclaré de toute distinction,
comme on l'a vû jusqu'icy, Mr D.
n'avoit garde d'approuver celle que j'ay
faite de la Philosophie & de la Logique, & il prétend *a* n'avoir besoin
que de la derniere pour se conduire
dans ses jugemens. J'ose dire neanmoins
que s'il y a quelque chose d'important
dans la recherche du vray, c'est la différence qu'il faut mettre entre le choix
des principes, & l'art de tirer les conséquences des principes qu'on a choisis. La plûpart de ceux qui ont fait
des Logiques ont passé par dessus cette
distinction, & ont réuni ces deux choses sous le nom general d'art de pen-

a p. 18.

ser ou de raisonner. Mais dès que l'on fera la moindre attention à la différence très-sensible du principe & des conséquences ; on s'appercevra tout d'un coup que les Logiques ordinaires s'attachent plus à faire éviter à des commençans les argumentations fausses, & à les conduire à des conclusions droites, qu'à leur faire distinguer les principes dont il faut partir dans chaque science. On voit même par ce que je viens de dire que la Logique sortiroit de sa Sphere, & seroit obligée de parcourir toutes les sciences, si elle alloit à l'examen des principes. Ainsi quoyque faisant faire à mes Lecteurs des reflexions nouvelles j'eusse le droit qu'exigent tous les nouveaux Philosophes de définir les termes à mon gré ; il est impossible de se tenir plus près de l'usage le plus commun que je m'y suis tenu, lorsque j'ay dit que la Logique ne consiste proprement qu'à bien tirer les conséquences d'un principe quel qu'il soit. Mais, qui plus est, ce n'est point là un talent médiocre ; & parmi ceux mêmes qui sont dans l'erreur, on distingue fort ceux qui raisonnent conséquemment, de ceux qui sont également faux & dans leurs principes & dans leurs conſequences.

Cependant je n'appelle pas Philoſophie toute connoiſſance des vrais principes; & le talent de les appercevoir
eſt d'ordinaire ſuffiſamment exprimé
par les termes d'intelligence ou de ſageſſe , intelligence dans les ſciences
ſpeculatives, ſageſſe dans les ſciences
morales. La Philoſophie conſiſte proprement à ſe mettre au deſſus des er-
reurs les plus anciennes & les plus ré-
panduës. Il ne faut point de Philoſophie pour découvrir, & pour prendre
les vrais principes que perſonne ne diſ-
putera; comme ceux de la Geometrie;
mais il en faut pour s'oppoſer au tor-
rent de la prévention où il a plû au
commun des hommes de demeurer ſur
certains points juſqu'au dernier ſiecle
& juſqu'au nôtre. C'eſt pour cela que
j'ay défini la Philoſophie : Une ſu- «
periorité de raiſon qui nous fait rap- «
porter chaque choſe à ſes principes «
propres & naturels, independamment «
de l'opinion qu'en ont eû les autres «
hommes. «MrD. eſt encore plus contraire à cette définition de la Philoſophie
qu'à celle que j'ay donnée de la Logique; & l'on voit dans ſa Preface que
l'eſprit Philoſophique eſt l'objet perpe-

tuel de son chagrin secret & de son
ris apparent : cependant cette définition dont j'ay seulement arrangé les
termes est depuis long-temps dans l'esprit de tous ceux qui cherchent la verité en elle-même ; & qui connoissant
les hommes, sçavent de combien de
voiles leur temerité & leur ignorance,
leurs passions & leur paresse, leur or-
gueil & leur lâcheté l'ont enveloppée.
Mais comme ces sortes de gens sont
ordinairement Geometres, Physiciens
ou Metaphysiciens ; Mr D. qui ne s'est
pas tourné de ce côté-là, ne les fre-
quente point : ils le connoissent, mais
il ne les connoît pas.

Mr D. rappele d'abord le principe
de Mr Despreaux : *l'antique & con-*
stante admiration que l'on a euë pour
un Ouvrage de belles lettres est une preu-
ve sûre & infaillible qu'on doit l'admi-
rer. Ces paroles qui terminent la reflexion septiéme sur Longin ne sont que
le précis de quelques autres propositions plus étenduës qu'il est bon de rapporter icy, comme un monument éter-
nel de la foiblesse où la Philosophie a
trouvé encore, dans le jugement sur
les belles lettres, l'esprit humain déja
rectifié à l'égard des sciences naturel-

les. *Si vous ne voyez point les beautez des Livres anciens*, dit Mr Despreaux, *il ne faut pas conclure qu'elles n'y sont point, mais que vous êtes aveugle, & que vous n'avez point de goût.* Il n'est plus question à l'heure qu'il est de sçavoir si Homere, Platon, Ciceron, Virgile sont des hommes merveilleux ; c'est une chose sans contestation puisque vingt siecles en sont convenus. Il s'agit de sçavoir en quoy consiste ce merveilleux qui les a fait admirer ; & il faut trouver moyen de le voir, ou renoncer aux belles lettres. Voilà la prévention qui se montre dans son naturel ; voilà l'opinion qu'on a eüe d'un ouvrage grossierement établie pour le principe fondamental du jugement qu'on en doit porter. Voicy maintenant le progrés qu'a fait la Philosophie, & ce que nous avons gagné sur nos adversaires. Mr D. lui-même dit *a* : *Qu'il faut juger des choses par ce qu'elles sont en elles-mêmes, & non pas par l'opinion qu'on en a.* C'est-à-dire que Mr D. parle précisément comme un Philosophe : mais comme il seroit bien fâché de l'être, il joint à ce principe de Philosophie, dont nous lui arrachons l'aveu, &

a Pref. d'Epict. p. 18.

principe de prévention qui part de sa disposition naturelle ; & il dit tout de suite : *C'est une verité incontestable qu'une chose qui a été constamment admirée dans tous les Païs, & dans tous les temps, doit être encore admirée dans le nôtre.* Est-il un homme sensé, qui ne voye la contradiction diametrale de ces deux principes ? Puisque l'admiration de tous les Païs & de tous les temps qui doit regler la nôtre, suivant le second principe, n'est qu'une opinion qui ne doit pas la regler suivant le premier.

Il s'en faut bien que les belles lettres ayent parcouru tous les Païs & fleuri dans tous les temps : mais quand elles auroient été établies dans les deux hemispheres pendant mille siecles continus ; si les hommes n'avoient pas eu d'autres regles de jugement que celles qu'ils avoient jusqu'à nos jours : s'ils s'étoient livrez à l'opinion de leurs ancêtres, non seulement par accoûtumance comme la plûpart des hommes, mais par principe comme M. Despreaux & Mr D. je ne serois nullement surpris de voir élever jusqu'au Ciel des ouvrages bien plus vitieux encore que l'Iliade. On ne peut assez re-

marquer que Descartes a renouvellé,
pour ainsi dire, l'esprit humain, en su-
bstituant la raison à la prevention. Tous
les hommes de lettres excepté Mr D.
& peut-être trois ou quatre autres personnes, tombent d'accord que la veritable Philosophie n'a parû que depuis
Descartes. Si M! Nicole, ainsi que
l'allegue Mr D. a eu quelques égards
pour Aristote, c'étoit un de ces mé-
nagemens que la verité se croit obligée de garder dans les premiers temps
où elle se montre. Le P. Malebranche
superieur à M. Nicole en matiere de
Philosophie, ayant attaqué Aristote
plus directement en a parlé depuis avec
bien plus de décision & de dureté. Mr
Despreaux lui-même par son Arrêt du
Parnasse a justifié *le caractere de nôtre
siecle*, dans lequel selon les expressions
elegantes de Mr D. *les plus chetifs Physiciens toutes les nuits dans leurs reves,
& le jour dans leurs visions, ne songent
qu'à la chûte d'Aristote* b. Enfin Mr
D. même *c* nous a accordé quelque
avantage sur Aristote par rapport à la
Physique, en attribuant pourtant ces

a p. 20.
b Pref. d'Epiᵉ. p. 25.
c Nouvelle Pref. sur Horace, p. 101.

avantages aux *découvertes qui se font dans le cours des siecles.* Cette restriction feroit croire qu'il y a eu depuis les Philosophes Grecs jusqu'à notre temps un corps & une continuité de découvertes, qui composent la Physique telle qu'elle est aujourd'hui : & la verité est que c'est Déscartes même qui a fait naître les experiences ausquelles on ne pensoit point avant lui ; & par conséquent les découvertes sans nombre que nous avons faites en moins de cent ans. C'est en verité le bon esprit qui manquoit aux hommes. Il manquoit aux Philosophes qui n'avoient ni principe ni methode ; & il manquoit à leurs admirateurs qui cherchoient les sciences naturelles dans des discoursou dans des écrits inintelligibles, au lieu de les chercher comme aujourd'hui dans le sein même de la nature. Les uns vouloient parler sans sçavoir ; & les autres vouloient admirer sans entendre.

Des hommes de ce caractere m'ont parû suspects en plus d'un sens. J'ay crû que leur jugement en matiere de belles lettres étoit sujet à revision, comme leur jugement en matiere de Philosophie ; & il se trouve en effet que les deux Auteurs les plus imparfaits

en leur espece, Homere & Aristote
sont précisément ceux qui ont eu le
plus d'admirateurs. & les admirateurs
les plus outrez. L'examen dans les ouvrages de belles lettres doit donc tenir
lieu de l'experience dans les sujets de
Physique ; & le même bon esprit qui
fait employer l'experience dans l'un,
fera toûjours employer l'examen dans
l'autre. Le principal dessein de mon
Livre a été de porter les hommes à ne
prendre qu'un même esprit pour toutes les sciences humaines ; & j'ay cri-
tiqué un Chapitre entier de la Poëtique d'Aristote *a* pour faire voir par
l'exemple de cet Auteur qu'un esprit
faux, obscur, inexact ou dans les sciences naturelles ou dans les belles lettres,
ne manquera point de l'être dans les
deux. C'est ce qui m'a fait terminer la
Critique de ce Chapitre de la Poëtique par ce portrait d'Aristote que je re-
peteray icy, d'autant plus que Mr D.
ayant trouvé en cet endroit une faute
d'impression qui fait une imperfection
considerable dans ma phrase, en a changé
les dernieres paroles en les alleguant *b* :
je parle donc ainsi *c* : J'ay crû que les «

a Vol. 1. p. 171.   *b* Pref. d'Epict. p 18.
c Dissert. Crit. vol. 1. p. 184.

» remarques precedentes serviroient à
» regler l'opinion que l'on doit pren-
» dre d'un Auteur, qui au lieu de pro-
» fiter de la Philosophie pour se ren-
» dre l'esprit juste en matiere de belles
» lettres, fait voir par son peu de ju-
» stesse en parlant de belles lettres, qu'il
» étoit encore plus incapable de parler
» de Philosophie. Car enfin on peut s'ap-
» percevoir par le peu d'exemples que
» j'ay choisis entre ceux que l'on trouve-
» roit en chaque page de la Poëtique,
» qu'Aristote est obscur non par la pro-
» fondeur mais par la confusion de ses
» idées ; non par la finesse mais par la
» fausseté de ses expressions ; non enfin
» par un goût de composition qui porte
» certains Auteurs à ne dire que ce qu'il
» faut à toute rigueur pour être enten-
» dus, mais par une negligence d'es-
» prit qui produit toûjours autant de
» choses superfluës qu'elle en fait à
» omettre de necessaires.

Quoyque nous devions juger des
ouvrages d'esprit par l'examen, la dé-

---

a Il y a dans mon Livre *mettre* au lieu d'*omettre*, cette faute qui n'est pas la seule, étoit mar-
quée dans l'Errata. Ainsi à la p. 53. de la Pref d'E-
pict. Mr D. tire de ma page 149. une autre cita-
tion où il a lû l'*honnêteté publique préside à nos yeux*,
l'Errata avertit qu'il faut lire, *préside à nos jeux*.

cision

cifion de leur prix n'eft pourtant pas livrée à la fantaifie de chaque Lecteur. Il y a dans les anciens mêmes des regles conftantes que j'ay crû devoir adopter, parce qu'elles m'ont parû conformes à la raifon. J'en ay ajoûté plufieurs autres que je ne prétens qu'on accepte qu'autant qu'elles paroîtront raifonnables. Mais c'eft par un affemblage de regles fixes, generales, & indépendantes de tout exemple particulier qu'on forme une bonne Rhetorique, ou une bonne Poëtique. Tout le monde n'a pas étudié ces regles, & ceux qui les ont étudiées ne s'en fouviennent pas toûjours: mais les jugemens que l'on porte ne font juftes qu'autant qu'ils y font conformes ; comme on ne chante bien un air, foit qu'on en fache les notes, foit qu'on ne les fache pas, qu'autant qu'on les fuit. Ainfi fi j'ofois donner une définition du bon goût, je dirois que c'eft une difpofition naturelle, ou une habitude acquife, qui nous fait juger d'un ouvrage conformément aux regles fans les avoir étudiées ; ou fans les rappeller actuellement dans fa mémoire. Selon cette définition l'on peut difputer des goûts,

E

en les rapportant aux regles, dans tous
les points du moins fur lefquels les regles font établies d'un commun confentement, où peuvent s'établir fur le
champ par les lumieres du fens commun. Cette même définition détruit le
moyen qu'employent en faveur d'Homere ceux qui difent que malgré tous
les défauts que la raifon découvre en
lui, on le trouve beau par fentiment.
Car il faut rectifier par la regle le fentiment même qui nous a fi fouvent
trompez : comme on peut s'en convain-
cre, en comparant les goûts de fa premiere jeunefle avec ceux que l'on s'eft
faits par les reflexions & par l'étude.
Mais d'ailleurs, comment arrive-t-il
que le fentiment & la raifon s'accordent fi bien dans la lecture de Virgile, par exemple, & de Racine ; & que
la diftinction de ces deux facultez de
l'ame foit fi neceflaire dans la lecture
d'Homere. Je fçay les differentes im-
preflions que les perfonnes même de
bon efprit reçoivent des differentes parties de la Poëfie ou de la Peinture.
Les uns font plus fenfibles, par exemple, à la convenance des difcours dans
une Piece, ou au contour des figures

dans un tableau ; & les autres le font
davantage à l'elegance des Vers dans
l'un ou au coloris dans l'autre. Mais
de quelque maniere que le fentiment
foit frappé, j'exige au moins que la
raifon mette ces differentes parties dans
leur veritable rang, & qu'on eftime
les Poëtes & les Peintres à proportion
qu'ils ont excellé dans les parties les
plus importantes. Mais enfin à l'égard
de quelque ouvrage de Poëfie ou de
Peinture que ce foit, on ne doit pas pretendre que la perfection d'une partie
fubalterne, couvre des défauts énormes
contre une partie fuperieure. Quel coloris répareroit des bras ou plus courts que
la tête, ou plus longs que le refte du
corps? Quelle prétenduë élegance de
ftile peut réparer dans un Poëme où la
confufion perpetuelle des caracteres des
Dieux & des Heros, ou l'indécence groffiere de leurs difcours & de leurs actions? Avoüons donc que ce fentiment
agreable qu'on prétend éprouver dans
la lecture d'Homere n'eft qu'un faux-
fuyant de l'admiration opiniâtre ; &
qu'en tout homme fenfé, goût, fentiment, & raifon ne font que la raifon
même plus ou moins développée.

Quoyque ces principes ne fussent
pas mis en usage par les Anciens
comme ils le sont par les Philosophes
modernes, le germe en a toûjours été
dans tous les hommes; & même ils ne
sont aujourd'hui si bien reçus que parce qu'ils se trouvent conformes à une
verité primitive que tous les hommes
trouvent en eux-mêmes. Le premier degré de la prévention a été d'estimer
les anciens parce qu'ils étoient Anciens.
Horace l'a combattu avec succez *a*;
aussi M. Despreaux l'a-t-il sagement
évité, lorsqu'il dit *b* : » Qu'il ne re-
» gle point l'estime qu'il fait des an-
» ciens par le temps qu'il y a que leurs
» Ouvrages durent, mais par le temps
» qu'il y a qu'on les admire. Mais
comme ce second degré de prévention
est aussi ridicule pour nous que le
premier l'étoit pour M. Despreaux,
Mr D. n'ose plus s'y tenir; & il dit *c*
Que nous admirons aujourd'hui les An-
ciens, non parce qu'on les a admirez
dans tous les Païs & dans tous les temps,
mais parce qu'en les examinant nous
trouvons leurs Ouvrages conformes à cette

---

a *Ep. 1. l. 1.*   b *Refl. 7.*
c *p. 19.*

raison qui les a toûjours fait admirer.
Voilà donc nos adverſaires mêmes qui
s'approchant toûjours, nous accordent
enfin pleinement & abſolument nôtre
principe, ſçavoir ; que c'eſt l'examen
& non l'admiration qu'on a euë pour
les Anciens qui doit regler le jugement que nous portons de leurs Ouvrages. Il ne s'agit plus que de l'appli-
cation, ou de ſçavoir ſi l'examen fait
découvrir dans les Anciens cette conformité à la raiſon que nous exigeons aujourd'hui dans leurs écrits comme dans
les nôtres. Cette conformité ſe trouve
en effet dans pluſieurs d'entre eux &
ſur tout dans les Latins. Mais à l'é-
gard d'Homere, au lieu de renvoyer
le Lecteur à ma Critique, je le ren-
verray aux Remarques de Mr D. qui
ne ſont employées d'un bout à l'autre
qu'à juſtifier ce Poëte de tout ce qu'elle
a ſenti elle-même de contraire à la raiſon. Une Poëtique doit tourner en regle tout ce qui nous paroît beau dans
les Poëtes, & celle de Mr D. tend à
nous faire trouver beau tout ce qui nous
choque dans Homere. C'eſt là à mon
avis un travail inutile en tout ſens :
car d'un côté je ne ſaurois trouver beau

ce qui me choque ; & de l'autre je n'ay
besoin pour admirer Homere, que de
comparer son Ouvrage, tel qu'il est,
avec la grossiereté & l'ignorance de
son siecle. Mais il est encore plus important de reconnoître les défauts de
cet Ouvrage rapporté, non pas aux
coûtumes de notre siecle, ce qui seroit une autre espece de prévention,
mais aux regles immuables de la droi-
te raison & de la morale naturelle,
mieux connuës dans notre siecle que
dans le sien.

Au reste quoyque les défauts d'Homere n'eussent jamais été discutez comme ils l'ont été dans ces derniers temps,
& que l'admiration eût passé mal-à-
propos de l'Auteur à l'Ouvrage dans
la plûpart des esprits ; il est pourtant
vrai que ce qui nous choque aujourd'hui
a choqué d'habiles gens dans tous les
siecles. Jamais Poëte n'a eu plus de
Critiques qu'Homere non seulement
de son vivant, ce qui lui seroit commun avec tous les bons Ecrivains, mais
depuis sa mort, ce qui ne lui est point
avantageux. C'est une chose immense
que les traits qu'on peut recueillir contre lui, non seulement de ceux qui ont

fait profession de le critiquer , comme
Protagoras, Zoïle , Aristarque; mais de
ceux mêmes, qui emportez par l'opinion
dominante lui ont donné des éloges,
comme Platon , Ciceron , Seneque ,
Plutarque & j'ose dire presque tous les
Philosophes soit Grecs soit Latins , qui
ont eu occasion de parler de lui.
Depuis la renaissance des Lettres on
sait ce qu'en ont dit Erasme , Scali-
ger, Heinsius , Barthius , Isaac Vossius
& plusieurs autres ; dont, quand on
voudra , nous rapporterons les passages
avec ceux des Anciens, passages qui
presque tous relèvent dans Homere ,
non des fautes d'inadvertance telles qu'il
y en a dans tout Ouvrage humain ,
mais des fautes capitales & qui influent
sur tout le Poëme ; telles enfin qu'on
n'en a jamais reproché à Virgile ni de
semblables ni d'approchantes. Mais de
plus quelqu'un ignore-t-il que la Je-
rusalem du Tasse ayant donné du cou-
rage & de la confiance aux Italiens ;
ils tentèrent non sans succés de mettre ce Poëme au dessus du l'Iliade.
Paul Beni & le Tassoni se sont distin-
guez dans cette entreprise, Et c'est à
ces deux Auteurs tres - sensez & tres-

habiles, plutôt qu'au visionnaire Desmarets, que Mr & Me D. devoient
commencer la liste des Critiques Modernes d'Homere. Mais ne sçachant de
quel côté se tourner, ils ont voulu jetter sur la chose le ridicule d'un nom:
car c'est toûjours par des noms que nos
adversaires argumentent, ou qu'ils veu-
lent nous effrayer.

C'est cette idée qui fait dire à Mr
D. *a* que je n'ay eu garde d'attaquer
M. Despreaux de son vivant. Je suis
bien fâché en effet de n'être pas assez
vieux pour avoir trouvé quelque occasion de tenir tête à Mr Despreaux,
ou de n'avoir pas écrit contre l'Homere de Me D. avant qu'il parût. Un
Philosophe qui ne donne rien à l'autorité de trente siecles lorsqu'il la croit
contraire à la raison, n'auroit pas fort
apprehendé en matiere de Critique,
un homme qui n'avoit jamais étudié
les sciences qui servent à former & à
fortifier le raisonnement. Mr D. se fait
tort à lui-même par cette reflexion ;
car tout vivant qu'il est je l'ay attaqué
avec autant de hardiesse que d'honnêteté. Il est vray que sa modestie a quel-

a p. 66.

que fondement : je trouve tous les jours
des gens qui sont pour Homere, & je
suis pour lui moy-même dans le sens
que j'ay marqué plus haut ; mais je n'ay
pas trouvé un seul homme quel qu'il
puisse être, qui dans tout ce qui s'est
écrit en dernier lieu pour sa défense,
m'ait parû approuver autre chose que
la moderation & la politesse de Mr
Boivin. Mr Despreaux avoit sans doute mieux réussi en apparence contre
Mr Perrault. Cependant il faudroit
être peu instruit des jugemens que l'on
a portez dans le monde, pour ignorer
que Mr Despreaux qui n'avoit jamais
eu de réputation pour la Prose, ache-
va de se perdre de ce côté-là auprès
des honnêtes gens, par l'air de grossiereté que ses injures répandirent dans son
stile. En effet non seulement les injures
blessent l'honnêteté chrétienne & civile,
mais elles viennent toûjours d'un manque d'esprit, puisqu'elles ne sont au-
cunement necessaires ni pour défendre
quelque cause que ce soit, ni même pour
mortifier tres-sensiblement un adversaire quand on en a envie. Mr Despreaux l'emporta donc alors sur Mr
Perrault, parce que le premier avoit
E v

par-devers lui la juste réputation d'un
grand Poëte, & que le second parut
sur la scene comme un homme qui sça-
voit peu & qui ne composoit pas bien.
C'est de-là même que j'ay tiré dans ma
Preface un préjugé pour la verité de
son opinion ; puisque malgré son désa-
vantage personnel à l'égard de Mr Despreaux, le sentiment de Mr Perrault
s'est enfin le plus répandu ; & c'est ainsi
que je me disculpe du Sophisme que
Mr D. m'attribuë *a*, lorsqu'il dit que
je m'appuye contre Homere de l'autorité d'un homme qui a été vaincu.

Mr D. dit aussi quelques mots contre la gradation que j'ay donnée à l'esprit humain, en plaçant son enfance
au temps d'Homere, son adolescence
au temps de la florissante Athenes, &
sa maturité au tems de Cesar & d'Auguste chez les Latins. Il dit là-dessus *b* :
Ne devoit-il pas voir que la suite de son
progrès mene naturellement à dire, que si
la Poësie étoit dans sa maturité au temps
d'Auguste, il est à craindre qu'elle ne soit
aujourd'hui dans sa caducité. Qnand l'esprit humain en général devroit passer
de la maturité à la caducité, ce qui n'est

a p. 16.   *b* p. 22.

pas neceſſaire ; quelque mépris que Mr
D. ait pour ſon ſiecle, il ne ſçauroit y
placer cette caducité qu'en nous an-
nonçant la fin dn Monde, ce que je
ne croy pas qu'il veüille faire. Mais
d'ailleurs jamais objection n'a été plus
attentivement prevenuë que celle avec
laquelle Mr D. croit icy me ſur-
prendre ; & j'ay employé les quarante
dernieres pages de ma Preface à expo-
ſer ce que je penſois des Modernes par
rapport à ma gradation. C'eſt-là que
j'ay dit fort au long *a* que je n'attri-
buois à ces derniers aucun avantage
ſur les Latins en particulier, dans tout
ce qui concerne l'art d'écrire ; & que
nous leur cedions même dans ce qui
appartient à la politique, comme pourroient être les Harangues en matiere
d'Etat, & l'Hiſtoire. Mais je leur ay
oppoſé cet eſprit de Philoſophie qui nous
met au-deſſus des préventions dont ils
n'étoient pas encore delivrez ; & qui
nous rend & plus juſtes & plus fer-
mes dans nos jugemens. C'eſt cet eſprit
qui nous fait ſentir par exemple la ſuperiorité infinie des Hiſtoriens Latins
ſur les Hiſtoriens Grecs. Ceux-ci n'en

_____
a P. 39.

étoient encore qu'à la simple narration
qu'Herodote & Xenophon ont renduë
tres-agreable ; mais on n'apperçoit point
dans les faits qu'ils rapportent ce principe des actions qu'un Historien ne
peut déveloper que par une grande connoissance de l'esprit & du cœur humain , que les anciens Grecs paroissent
n'avoir point euë , & que les Latins
ont portée au plus haut degré. Je tiens
cette observation de la propre bouche
de M. Kuster , dont l'érudition sur tout
en matiere de belles lettres est connuë
de toute l'Europe , & qui m'a permis
de le nommer. Il faut cependant mettre une grande difference entre les motifs souvent devinez d'une politique
creuse que Tacite & sur tout Varillas
ont pretez aux Princes , & l'ame que
Saluste & particulierement Tite-Live
donnent à tous les personnages qu'ils
font agir. Ainsi quoyque la premiere ,
la quatriéme , & la demy - decade qui
nous restent de Tite-Live ne soient pas
si interessantes pour le fonds des choses que la troisiéme ; elles-sont toutes
également utiles pour apprendre à tous
les Lecteurs à connoître les hommes ,
& aux Poëtes en particulier à faire parler des hommes.

Il eſt donc inutile d'attribuer à l'aſ-
pect du Soleil d'Orient la ſuperiorité
des Grecs ſur les Latins & ſur nous:
c'eſt chercher bien loin la raiſon d'un
fait qui n'eſt pas. J'avoüe que lorſque
le goût des belles lettres a commencé à
paroître chez quelque Nation depuis
les Grecs , on eſt remonté juſqu'à
eux; cela eſt tres-naturel. Ils ſont les
ſeuls peuples de la premiere antiquité prophane dont il nous reſte des
Ouvrages ; & quoyque leurs Ouvrages ne ſoient point parfaits on y découvre les premieres traces de la perfection. Mais ſi quelque ravage imprévû effaçoit de deſſus la terre toute connoiſſance & toute mémoire des belles
lettres ; le bon goût pourroit auſſi-tôt
renaître du côté de l'Occident que du
côté de l'Orient. Cela dépendroit des
conjonctures, comme ſeroient la curioſité de quelque Prince , ou le crédit de
quelque eſprit diſtingué. Car ſelon la
ſaine Philoſophie , il faut être ſûr d'a-
voir épuiſé toutes les cauſes naturelles
& ſenſibles d'un fait tel que l'établiſ-
ſement du bon goût chez un Peuple
ou chez un autre , avant que d'avoir
recours à des cauſes auſſi étrangeres &

auſſi occultes que l'influence des Aſtres. Ciceron qui croyoit les Latins ſuperieurs aux Grecs, comme je l'ay remarqué dans ma Preface *a*, n'auroit eu garde d'admettre une pareille cauſe. Strabon même qui étant Grec, & de plus Geographe, auroit pû exagerer les avantages des lieux de ſon origine *b* dit en propres termes. Que ſi les Atheniens aimoient les Lettres, pendant que les Lacedemoniens & les Thebains leurs voiſins ſi proches ne les aimoient pas; il falloit attribuer cette difference non à la nature, φύσει, mais à la coûtume ἔθει: de même, dit-il, ce n'eſt point la nature, mais c'eſt l'exercice & l'habitude qui ont rendu les Babyloniens & les Egyptiens Philoſophes. *c*

Répondray-je encore à l'imputation de Sophiſme que me fait Mr D. *d* ſur ce que j'ay dit dans ma Preface *e*; Qu'à l'égard de la Tragedie même ſur laquelle on peut m'arrêter dans la preference que je donne aux Latins ſur les Grecs, les Latins n'ont fait au-

a p. 32.
b Il étoit originaire de Crete, quoyque né en Cappadoce.
c Strabon. l. 2. p. 103. Pariſ. 1620.
d p. 22.   *e* p. 33.

cune difficulté de comparer le Thyeste
de leur Varius aux plus belles Pieces
du Theatre d'Athenes. *Selon sa gradation*, dit Mr D. en parlant de moy,
*il faudroit que la Tragedie eût été tres-
superieure chez les Latins*. Mais ces paroles de mon texte *sur laquelle on peut
m'arrêter*, n'indiquent-elles pas que ma
pensée est que si les Latins dans leur
partie foible ont égalé les Grecs, ils
doivent les avoir extrêmement surpas-
sez dans celles où ils ont particulierement réussi. Ou plutôt il ne s'agit que
du systême general qui subsiste toûjours,
malgré quelques exceptions particulieres. Je ne pretens pas même que dans
le grand nombre d'objections que j'ay
faites à Homere, il n'y en ait quelqu'une à laquelle on ne puisse répondre; & j'accepte par avance toutes
les réponses de Mᶜ D. qui seront justes. Mais elle ne détruira pas le principe de Philosophie que j'ay entrepris
de porter dans les belles lettres; selon
lequel il faut se défier de l'admiration
antique, & soûmettre tout ouvrage humain à l'examen de la raison. Il ne lui
manque à elle-même que d'accepter ce

principe, & d'y conformer ses jugemens, pour avoir sans contredit la premiere place entre toutes les femmes qui
ont jamais écrit.

FIN.

www.ingramcontent.com/pod-product-compliance
Lightning Source LLC
Chambersburg PA
CBHW060833250626
47162CB00005B/2049